# 我思故我在

张景/著

中国社会出版社
国家一级出版社·全国百佳图书出版单位

# 目录

contents

# 第一章 人生篇

# 关于生命

死亡，是对生命最强烈、最终极的表达。

一个人痛苦的深度等于生命的深度。

生活与生命的本质是无常，有常不过是一种相对的较短暂的存在。

生命是用来绽放的，而非用来度过的，一个不曾绽放或起舞的日子乃至一分一秒，都是对生命的辜负。

生命的两大秘密：欲望与厌倦，欲望与痛苦，也是厌倦与痛苦不幸的根源。

生命就是活着的每一天，珍惜当下、珍惜分秒就是珍惜生命。

生命中最重要的人，如住院时的你，能到医院看你三次的人，有一两个不易，三四个难得，七八个很幸运及伟大了。

生命的设计，像个残忍的玩笑，软弱地来，软弱地走。中间让人经历不知天高地厚的轻浮、狂妄、愚顽、痴迷及自认为无所不能的高潮。

命运的转折，往往就是人与人在时间点上的契合，没早一步，也没晚一步。如唐代画马大家韩干，在酒馆打杂时被王维发现其绘画才能，年资二万钱，十余年供其学画。

命和运是两回事，过去已发生的叫命，现在将发生的叫运。命可认，运可改——在运来之前我们可做的是努力与抓住机会。另外，抱必死的信念去认真地活、快乐地活是人存在的全部意义。

生命的意义，是人无论何时何境都要微笑、坚持、乐观地活下去。

为什么说“重剑无锋，大巧不工”，如同江湖中的绝技高手不需武器，因他们的经历、武功都内化成一种生命的历练与绝高功夫的修为。

交换心情对人生很重要，因为换心情就是换生命，尤其是交换好心情。

“认命不信命”，即接受命运、相信命运而不迷信命运，度命而不认命。

生命中伟大的光辉不在于永不坠落，而在于坠落后的再度升起。即一个人坠入低点的反弹力，如红塔山牌香烟的老总褚时健被判刑十几年，七十多岁出狱，几年后种橙又成亿万富翁。

生命中有种使你不安宁的能量，其可能是欲望、幻想、爱情、革命、创造或写一首诗、一篇文。

只有在你生命美丽的时候，世界才是美丽的。

生命不属于自己，即使你达不到一定境界或没有希望时认为生的痛苦。如陀思妥耶夫斯基：希望永远失去了，而生命却单单地留下，即使你不喜欢生。而且，在前面尚有漫长的生命路要走，但你又不能自由地走。

疼痛是生命的嫁接，也是一次新的开始与起程。

生命中有许多新奇美好的东西，一旦我们对之习以为常（麻木），它们就不再存在。

生命即使只有一滴水，也要使之骄傲成海洋。

一个成熟文明的社会，一定是尊重生命，将生命价值定位高于一切的社会。如美国一次重大事故即 1911 年 3 月 25 日，三角内衣厂火灾死了 146 人，使美国为血汗工厂立法并写进中学课本，成为主流价值观一部分，生命价值重于财富。

生命原始的悲哀在心灵上的投影，正是人之所以异于一般动物，诗人之所以异于常人的根本所在。

一个人不能了解生命（包括透悟人生的各个方面的问题），就是生命对他的最大惩罚之一。

死亡是最奢华的生命形式，在对最珍贵之物的耗费中，生命达到了顶点。

有的人是活着就死亡的，有的人是死后才诞生的。

过早的憧憬会消减生命的耐力。

死是生的一部分，从一个人对死后安葬情况的程度及要求可见一个人的层次品位，那些修大墓厚葬是最没品位、境界及层次的。再之，对一个城市而言，如没一块优雅、宁静的墓地，这个城市也没什么品位可言。

同样一件事，方法、角度不同，结果就大不同。如鸡蛋从外打破是食物，从内打破是生命，如等别人来打破，注定成为别人的食物。

人的生命质量就在于他对世界、人生的感受深浅及丰富程度，而非富贵程度。

有限的生命，无限的选择。

命运就是从生到死中间的曲折磨难，顺畅欢乐。所谓命运，就是用你手中拥有的，去获取上帝掌握的。你绝望时，别忘了自己还拥有一半的命运；你得意时，别忘了上帝手里还有你一半的命运。

登山的最高成就“金冰镐奖”赋予这样的意义：生的价值最高，死亡永远是失败，死亡不能奖励，至多只能吊唁。因为登顶是为了回家；踏上巅峰是为了回归平凡。攀登的经历，是为了让我们明白：生命之于人，是最终极的享受。这又回到人生现实中的成功，即钱权名的攀登上，又有几人能明白以上这些道理，又有几人不是弄出一身病、一身怨、一身骚、一身伤、一身痛，甚至夭亡。其实，富于攀登精神的人生，应是闪烁着智慧之光的人生，唯有珍惜和尊重生命的人，才能更出色地去弘扬攀登精神，走到人生最高处。

只有站在高处的人才有从高处跌进深渊里的权利，同时也只有永远躺在深渊里的人才不会掉进深渊里。

宿命感，就是人对自己不能完全掌握自己命运的一种叹息。

不要埋怨命运无常，命运的吸引力在于它的不可预知性。

生命质量的高低，往往取决于你拥有抽象语言的多寡。如音乐，画画等都是不同的抽象语言，一切学问的本质也是语言。

实质意义上的死，不是心脏停止了跳动，而是失去了希望、激情或朝气。

生命的灵性，也是生命的负担。

生命的价值在于含慧量多少。

送人最重要的礼物为生命礼物。如一个美国飞机驾驶员（私人）自知自己有心脏病，多次教妻升降着陆，81 岁那年突遇心脏病发作，这 80 岁老太太使之安降，这是丈夫送她的生命礼物。

不要忽视每一朵花，那都曾是生命的绽放。云从一个角度看是天空的花朵，从另一个角度看是天空的尘埃，你心有花便是花，心有尘便是尘。

生命的价值不在静止地占有，而在不断追求本身。如手握金币，不如远远欣赏其光泽。

当一个生命纯粹到只想活着的时候，它对这个尘世可以简单到一无所求。

有形的东西总会坏的，即万物都是有生命的，故不要懊悔。

死是世界最原始的恐惧，也是所有恐惧的终极走向。再之，因生命只有一次，故贪生怕死成了人的本能。

每个人的生命都是一部自己撰写的小说，无非这个小说的作者与读者都是自己。

生命是条单向通道，你永远不可能再次路过相同风景，故应全身心享受生活——这就是快乐的真谛。

要善待每个生命，包括每株花草。在生命面前，要心存敬畏，心存善良，这都会有回馈，至少是心灵上的。另外，接骨草的发现就是善良的回馈——有人放回断两截的蜈蚣，给它的伴侣，伴侣叼来此草便接上了。

生命走到尽头后只剩三件事：你热烈地爱过吗？你充实地生活过吗？你学会放弃那些不属于你的生活吗？

“生是偶然，死是必然；生是相对，死是绝对；生是躁动，死是安静；生是一切作假，死是一切归真；生是三六九等，死是一切平等；生时显社会地位不同，死时显人生境界不同。”人人都会生，只有高人才会死。生尽之谓死。

“本能”是生命所受教育在某个瞬间的大暴露。

生命的意义在于平凡的日常生活之中，但过平凡生活的人不等于找到了生命的意义。

生命是一道告别的减法。我们的财产乃至生命，一件件都被流逝的岁月抢走。

对跪着生存的人而言，只有猛然站起来，才能成为生命。

生命的本质即痛苦，挣扎是唯一本质。

如何才能称得上尊重生命？养成健康的生活方式，不吸烟、吸毒、酗酒、过劳、纵欲。尊重别人的生命，包括动物、植物的生命，这又体现在尊重别人的健康权上。享受生命，凡是自然赋予人的欲望都是无罪的，都有权利得到满足。但要学会分清生命享受与感官享受，如仅将享受生命视作生理性欲望及物性欲望的满足，那层次也太低，要上升到人性、神性欲望的满足。

尚简朴之人必有慧灵之心智，因其能从宁静体会到思想之宽，思想之深；从纯真中寻觅到生命之洁，生命之净；从平凡中发现生命之美，生活之趣。

应将生命视作永不停息地分解和复原的过程。

生命的可悲在于它的脆弱，而生命的可爱也在于它的脆弱。

做不可能做成的事，多是源于无知；做不能去做的事，多是源于无耻。

如何确立高于生命本身的目的？一是外向的，寻求某个高于个体生命的目标价值，如献身艺术、宗教、政治理想等，因目标是人类精神的提升；二是内向的，高于肉体生命的内在精神价值，如道德自我完善，个人的宗教修炼或艺术体验（自救、自度）等。

生命就像一个美丽的女子，她众多的追求者使我们已经怀疑她了，不相信她了，但仍然爱她。

没有音乐的生命是种缺憾，没有爱心的生命是种多余。

为何古人重风水？凡有风有水处，生命就灵动起来了。

生命既要擅长发展，又要学会等待，两者相辅相成，故等待者永远醒着。

你看到什么，你也就拥有什么。因为每个人的生命是由他看到的东西组成的。

生命的要义，在于知道我们终要死去；政治的要义，在于知道我们终要离去；爱情的要义，在于知道我们终要分去。

命运赠送的礼物，暗中都标着价格。

没有正确的人生观，便无法造就一个健全的生命。

两千年莲子能发芽开花，说明种子本身就是个奇迹，而每个奇迹又都是坚守和进取的结果。另外，种子身上有诸多美德值得人们去思考、学习。躯小能量大；先小后强大；身轻能随风飘上天，又能藏身土中（地下）；不遭妒，因其身小不打眼、不醒目，就不招麻烦；坚强，一般都有坚强的壳，有的须用斧方可开；能漫长地等待，在修成正果前哪怕等 1000 年、2000 年；蛰伏时的低调，不长成新苗前，人们很难注意到它的存在；奉献，每个种子都是人或动物的食物或自身的精华（将之奉献给大自然）；惊人的生命力，无论在水里、沙漠里、戈壁里，还是坟地里，哪怕在地下埋 2000 年，只要有适当的温度、湿度，马上焕发生命活力；奇特，如苍耳的种子带刺、带钩便于附在鸟兽身上传播，蒲公英的种子配有伞遇风便飞，红树的种子显尖状且头重脚轻便于下落时插入土中。

# 关于人

人是自然的孩子，生于泥土归于泥土，土地是人永恒的家园，对人具有永恒的根本的价值及永恒的吸引力，这是许多名人想去做农耕之人的根本原因之一。

人至少有三个严厉的主子：本我，自我，超我。

不要认为痛苦的回忆是人生之苦，因人类的高贵之处就在于能回忆。

人，在吃住基本保障之后，应比的是人心的喜悦。

将金子与石子扔到石堆里，金子易被人发现，故人不要埋怨怀才不遇，要使自己成为金子。

人要么驾驭失败，要么让失败驾驭你。

人类的许多悲剧，其实都是幻想出来的。

天、地、人三才，人居其中，就要顶天立地。而人的上半身与天相通，下半身与地相接，故只有仰望星空及脚踏实地之人，才可在天地人三才之中顶天立地、逍遥人生。

人都有故乡情结，常回去故乡，有老亲旧邻、老房、老树及自己儿时爬树的伙伴。

人交友的误区是年龄、层次相当，其实最好是不相当，尤其是忘年交。在觉得自己老气时，有个比你小的朋友；觉得幼稚时，有个比你大的朋友。

人什么都可以没有，但不能没有梦想。如美国宇航中心大门上的话：只要人类有梦想，就一定能实现。

人不能掌握命运，却可以规划时间，管好自己每一天、每一分钟的行为，而这所有的每一天每一分积累在一起，又构成了你的命运。

人类要生活在希望当中，没希望的日子即是地狱，是人类文明的悲剧，是人类不幸的根源。现在进聊天室的都不是世界未来的精英。

天才只是长久的耐苦。

人所不同体现在三个方面：低贱者与低贱者不同，同是开小餐馆的，有的自得其乐，业余读书写作；有的自怨自艾、羡慕比较、痛苦不堪。富贵者与富贵者不同，有的知足博爱；有的为富不仁、贪婪、罪恶、麻木、吃喝嫖赌为人生主要内容。凡人与凡人不同，有的成长，上进，悠然，让触着的每秒光阴都变成黄金；有的攀比，匆忙拜物，终日活在金钱功利的阴影下，“使我不得开心颜”。

在王权或专制的巨大阴影之下，无论什么人若想站直了，个性了，包括出名了，成功了，发财了，都是不幸的事，都将付出惨重的代价。

人的根本或最重要的是“内聚实力，外塑形象”。

人的前三十年决定习惯，后三十年被习惯决定。

当一个人意识到一颗钻石比玻璃球重要时，他已可悲地长大了。因学会用金钱去衡量事物时，不仅内心纯洁没有了，且童趣也没有了。

人当有怜悯之心，“无怜悯之心者非人也”，但如对之没有切实的考察而滥用，结果将受其害或里外不是人。如对作恶之人是只能打击不能怜悯的。

生病是人最能反思自己的时候，自古欧洲就有“魔鬼生了病，也会变成圣人”。故一个人在生病时，要借此好好反思自己。

勇敢有时是制伏对手的重要武器。一只狗在人们对它表示害怕而不是轻蔑时，它会叫得更凶，更咬人。人类同样也有这个弱点，你要显示害怕他们，等于给了别人捕猎之机，你要对他不屑一顾，如此他反而会怀疑自己的力量。人类影响自己幸福前途最大的莫过于屈从或使之盲从，除去犯法、饥饿、害人等方式以外，必须保持自我判断。

与志趣见解相同者交往可增人幸福，找不到情投意合之友将是不幸的。

自由即不对人们实现欲望设置任何外部障碍。

人在罕见的绝对快乐时刻，渴望死亡是自然的（像奥赛罗那样），因满足是不会持久的。

人类不幸在很大程度上是对世界的错误看法，错误的伦理观，错误的生活习惯所致。

人类一切活动都发生在两个来源：冲动与愿望。

人类对他人隐私有天生好奇。

人，最重要的不是外在种或看多少花（外物），而是如林徽因所言：学会“在自己内心修篱种菊”。

人，活一回，不是活过、来过，而是没白活过、没白来过，且活出个性、活出自己。只有活出个性、活出自己，这个世界才能找到一个与众不同的你。

人的一个特点：每成功一次，智商下降一截；每失败一次，智商上升一截。

世间万物从某种角度讲，只有人类最愚昧。不信你看：世上万物都在悠闲地过日子，只有人类大部分时间并非为生存，而是在为名利及用不着的东西劳碌、奔忙、打斗，甚至不择手段地自相残杀——动物中除了生命受威胁时，可有一个自相残杀、戕害的？

人，到底是脆弱的动物，越是敏感自尊的，越能感到自己的脆弱。

人有两条命：一在现实中，一在憧憬中或梦里。

人的高境之一是“沉潜”。“沉”即沉到底层，有厚重的积淀；“潜”，就是深藏不露，安心在不为人知的底层发展。

人，要用“宁静的心”去接受他不能改变的事；要用“勇毅的心”去改变他所能改变的事。更重要的，是有智慧分清这两者。

人，可以贫穷，可以孤独，可以死亡，但不可以没有尊严。

人，任何时候都不要悲伤，因为上帝只要还让你活着，就自有他的安排。

人，最重要的是做你想做的事也即喜欢的事，曾对将死的人调查表明：他们死时的最大遗憾是没做自己想做的事。

人与动物的最大区别是思想（考），这也是动物大多不会主动自杀的原因。

人，最重要、最难过的是老去的那段时光，而老时子女不孝将是很痛苦的事。故智者会很重视子女的教育。

一个能忍耐的人，一个能压抑自己欲望的人，才是可怕或伟大的。

人，长得漂亮不如活得漂亮。长得漂亮只是年轻的事，活得漂亮却是一辈子的事。三十岁前的容貌是父母给的，三十岁后的容貌是自己修的，如举手投足的优雅，运筹帷幄的机敏，谈笑风生的智慧。

自由精神丧失是人类最深层的堕落，其表现为：自由因利益让位于压制与奴役，这是人类进步进程中最大最惨重的代价。真正的自由人、文明人不仅具有自由的精神，更愿为自由而抗争，为获之而付出代价，绝非为达成某种别的目的而牺牲自由，用奴役换和平，他们会毫不犹豫地选择用抗争、包括用暴力换自由。

人在本质上既不是他自己的，也不是世界的奴隶，而是爱者，人类的自由及人性的完成都在于爱。

人所失去的，只是他此刻拥有的生活。

人的心永远想去山那边看一眼，并非为明白，也非为征服，因人的心总在远方。

调控不了情绪的人，脸上易出现衰败迹象且衰老得快。

一个人最大的能力、最大的优秀就是能超越自我即不断超越自我。其最大的障碍就是追求安逸的惰性。

人，都有名利情结，只要踏进名利场，往往就失去了方向，而越有知识（非智慧）的人，往往越要争名利。

人若看得开，即达到觉悟、智慧的境界须三个方面：心足够大，阅历足够多，智慧足够高。

每个人要对自己做的每一件事、每一个表情乃至制造的一点点水花负责，因之可产生许多涟漪——连锁反应。

人除基本欲望外四个欲望更能使人疯狂：虚荣、贪婪、竞争、权力欲，且无止境。如虚荣：越被人谈论时越希望被人谈论。他们越有名，得到的东西越多越珍贵就越难令之满意。当年普鲁士元帅看到拿破仑宫殿后说："拥有这一切还要打莫斯科不是很愚吗?"岂不知欲望永远无法满足。

不会开玩笑（幽默）的人，是没有希望的人。

世上最不幸的人不是得到最少的人，而是以为自己失去最多或最不幸的人。

人的本质或最高价值应是追求善与不朽，将有价值的东西（制度、思想、发明）留给后来、后世、后人。

一个人自己不丰富时，就需外部世界的丰富。当正事不能成为风景的时候，无聊的事情就会成为风景。

人要有一半的智慧，如认知这世界由一半男人、一半女人，一半真、一半假，一半清、一半浊，一半善、一半恶，一半黑暗、一半光明，一半如意、一半失意，一半成功、一半失败组成，学会包容这一半不完美的世界，便会拥有一个完美的世界。

人类痛苦多的原因：向外寻找，不向自己挖掘，后者的反面也是幸福的秘诀。

人，最难忘记的是陪自己哭的人。

人的悲哀或痴迷在于：小时盼长大，长大后盼返童；有健康以之换金钱，有金钱时以之买健康；没得到的盼望，得到后的厌倦。

人，重要的不是拥有什么东西，而是做什么样的人及与什么样的人做朋友。

一个人绝对地出世或入世都是不智慧或不现实且不能长久的。因人不能出世，但心要出世；心不能入世，但身要入世。

一个人，当经历与能力已经不需要向他人证明的时候，无论是练剑、习书、做事、做人，不仅没有不成功的，而且方寸之间都是浑然天成的圆润与洒脱。

人把精力、心力都放在对环境的不满上时，就会对周围的人吹毛求疵，看到的是毛病，说出的都是牢骚，感受的都是烦苦。反之，则多是阳光、快乐、幸福。因不同的心态，不同的眼光，使人会有不同的结果。

人，衣食无忧后的身外之物（财、权、名、利、欲）越多，幸福指数越低，正如电脑中软件越多，启动越慢一样。

人欲望没有满足的，有诗为证："梁武为帝欲作仙，石崇倘望海作田，西施照镜嫌貌丑，彭祖焚香祝寿年。"

人，越趋向于依赖自身外的力量来获取幸福感时，其幸福指数越低且内心就越脆弱。

"利欲驱人万火牛"。即在利欲的驱使下，人会像万条"火牛"在屁股后追赶，使人疯狂向前（利欲）追逐，不趴下绝不休。

人不鉴于流水而鉴于止水，唯止能止众耳。

英雄迟暮比美人迟暮更可悲。

人的痛苦，本质上是对自己无能的潜意识愤怒。故只有使自己日日成长，不断强大到足够强大到能解决身外、身内（心生活）中的一切问题时，你自己才没了痛苦。可惜现在的人没几个能解决内心问题的。

人，有了镜子才慢慢像样起来——这仅指外形，内在的"镜子"是读书，诤友。

人若没有故事，就难以维持"自我"。

聪明人会占一次便宜，得一桩好生意，但会永远丢掉一个（一些）朋友、客户。故人要在温饱之前学聪明，温饱之后学糊涂；40 岁前学聪明，40 岁后学糊涂；在聪明人前糊涂，在糊涂人前聪明。

人在成长过程中最终涉及的还是人的问题，很多政治学、经济学、艺术学、教育学，本质上都是人的哲学。如许多政治、经济精英成功后不能持续下去，就是因为没有达到对人、对人生、对世间万事万物的深层理解。

惯看秋月春风的人是不好糊弄的。

文化积淀是一个人善恶、成败的基础，文化中最重要的两点，其中一个就是思维方式。人心即思想和思维方式是最高技艺的工匠，可将你雕成佛，也可将你雕成魔。

人身处绝境后，最怕与正常生活对比，此时只有不对比，不想亲人，摆脱困境心理，才能健康生活及东山再起。

人不会老去，直到悔恨取代了憬想。

人长大了，纯真就会走远。

人，只有享不了的福，没有受不了的苦。

人常陷入种了芭蕉怨芭蕉的境况中，如古人嫌庭中芭蕉被风吹响不能静心入梦而写道：是谁多事种芭蕉，早也潇潇，晚也潇潇。一哲人批语：是君心事太无聊，种了芭蕉，又怨芭蕉。

人最大的学问之一是穿衣吃饭，记得民谚曰：三代官宦，学不得穿衣吃饭，况百姓乎？

人在社会的升迁有三大序列：经济序列（财产多少）；行政序列；社会声望。但人最大的升迁还是心灵升迁（成长）。

人的勇气与耐性只能支撑若干次有限数的挫折，不要把它浪费在小事上，要节制使用，像拿破仑那样用来征服世界，像巴尔扎克那样用来征服巴黎。

人分三种：灵性人物，社会规范化人物（性慈、性适、性独），反社会人物。但灵性不是放纵，而是洒脱；不是聪明，而是智慧；不是特立独行，而是共性中融入个性。

人过60岁，生命的退行性变化便不可遏制地开始了，从此逐渐退化到小孩幼儿之列，万不可以成人思维要求之。最恐怖的不是身体器官的退化而是智力的退化，许多人不同程度地患老年痴呆症，最恐怖的是有的最后连子女都不认识（可悲的是许多人怨父母的不讲理，不可理喻），使你错过了给父母亲情的最后机会——不要说老时普遍听不得任何反面意见，没了尊严、荣辱感及正常的判断力。当他出现这些啰唆，重复，自闭，不与亲人沟通时，你应倍加注意。对人生而言，在生命的两头被关爱同样重要，像关爱孩子一样去关爱老人。

人，成在责己，败在责人。

人际交往同爱情相处一样，同样有七年之痒。

人际交往是平的：平等、平时、平坦、平和。

人，20岁后花的每分钱如都还是找父母要的，你的满身名牌只能衬出你的无耻。不要以为有名牌就有品位，要知没内涵，骡子配上金鞍也不会变成骏马。20岁至少不能再成为父母的负担，无所事事只能使自己变成废物，且是一个被人鄙夷的废物，因你是个不折不扣的寄生虫。

人类是最健忘的动物，偏偏忘记的是不应该忘记的教训。

人是制度与文化的产物，社会制度在很大程度上决定了人类的生活及文化。

人类在过去100年取得的成就创造的财富远远超过了过去5000年的总和，但凡事过犹不及，正是这些巨大的成就将可能导致全人类的毁灭，如核及生态平衡的破坏，更有那欲望的泛滥。

对财富每个人都有天生的渴望，圣人也不例外。如孔子“富而可求也，虽执鞭之士，吾亦为之”，但要追求得阳光、自然、恰当（不要太多，即不超过自己基本需求的物质，此理非大智者不能懂，非大能者不能做得到）。

人，在许多时候，不是跌倒在自己的劣势上，而是跌倒在自己的优势上。

爱、同情心、仁慈是人类自古就有的美德，无此不能称为人。

人，太过关心易被宠坏，太过理性易苍老，太过平和易平淡，太过仁慈易被欺，太过多话易浮夸，太过犹豫易失机，太过坦诚易轻率，太过谦虚易虚伪，太过活泼易轻浮，太过谨慎易拘泥，太过好心易出错。故干什么都不能“过”，过失过失，一过就失；过错过错，一过就错；过节过节，一过就节外生枝。

人最大的投资即投资于人，且时间越长，隐蔽率越高，回报越高。

人处在弱势的时候需要故事，要么是编故事，要么是听故事，要么是回忆故事。

人，可以没有钱权，但不能没有独特、幽深、渊博的思想及社会担当，还有以不损人为前提的我行我素及鲜活的个性。

人类有个特点：一边活着，一边探讨生活的本质，生活的规律，生活的秘密。

人最重要的能力之一是忍受单调与烦闷的能力。

一个人在其生命与人格进入成熟期后，都会对人生有自我设计，只有那些愚俗或人格不成熟的人，才会整天蝇营狗苟于名利场，甚至不惜以牺牲健康、人格、自由、个性、亲情这些人生更重要的东西为代价。

人，自从踏入社会便被外部世界所制约，周旋于各种社会角色之间，即使耗尽毕生精力，也难以自如。

人，要达到精神世界异常充实和真正活得有价值、有意义，必须做到两点：一是真情灼灼，丝毫不带杂质地去爱与被爱；二是通过卓有成效的艺术创造，确立自己特殊的存在，以真正求得自己心灵上的归宿与寄托。

寿命决定人的长度，智慧决定人的深度，经历决定人的宽度。这个经历不仅是职业经历、生活经历，更重要的是思想经历、心灵经历、阅读经历。

为什么有花、有庄稼的地方不长杂草，无由生也。如同人，如让高尚的东西占据心灵便不会心生恶陋。

人虽然是一只虫、一口气、一滴水就足以致死的卑微的生物，但即使宇宙毁灭了他，人却仍然要比置他于死命的东西高贵得多，因他知道自己要死亡以及宇宙中的许多东西，而宇宙对此却一无所知。

社会层次低人一层并不等于低人一等，人的高下在人格，不在社会层次。

这个世界其实很简单，只是人心很复杂；人心其实也很简单，只是利益分配很复杂；利益分配其实也很简单，只是欲望很复杂。说穿了人要活出简单不容易，活出复杂很简单。生活中的大情趣，一定是日子过得简单，物质需求简单，心灵纯净得简单。人一简单就快乐，但快乐者寥寥无几；人一复杂就痛苦，痛苦者熙熙攘攘。有联为证：天地有大美，于简单处得；人生大疲惫，在复杂处藏。其实复杂纷繁的人生，简单到只有两个字：生死、名利、男女。这说明了：简单，要么是智人的透悟，要么是愚人的本能；复杂，要么是人的惯性（本能），要么是人的迷执。

一个不关心自己的人，很难真正关心别人，而关心自己最重要的是关心自己的身体，自己的心灵。如一个对这两点都不关心的人他还会真正关心谁？而关心自己身体的人的表现是：是否做到懂营养、节制、理性、锻炼；关心自己心灵的人的表现是：是否阅读、独处、思考、恬淡、信仰。

人最不能没有的是希望及追求，因为有了它便一切皆有可能。

有人对人付出人情，立即要回报，不仅显浅薄，而且只能将事情弄得更糟。人家不自在，自己更不快乐。

人，是为希望与梦想活着。生活中你想获得什么，就得付出什么。如你想获得金钱，就得先付出金钱（去学习花的费用等）；如你想获得闲暇，就得先付出时间。

人要服老，不能认老，更不能怕老。

人，最怕的是狂妄，想争武林第一的人，最后无论争得争不得，多数是变疯了或惨死了。

人最难了解的是自己的处境，最难跳出去看自己，这造成其说话看问题很主观，以为自己是世界中心，如“为什么对我这样”，“为什么不理解我”等，从不或很少反过来责己。

人类一心想征服困难，征服他人，征服高山，征服自然，却征服不了自己，即自己的自大、贪婪、自私、吝啬。

人的欲望或需要一般分三种：1. 自然产生的，有限度，易满足，满足后也较安全；2. 人心造成的；3. 攀比造成的，多余的，虚荣的，以致使那些芸芸中的愚人拼命挣钱，拼命花钱，丧失了生活情趣，其又是何等无知。

人痛苦多的一个重要原因之一是很少与比自己差的人作比较，加之别人的差处他人看不到，故而人比人，气（苦）死人。但大智者不因比较而痛苦，而因比较而幸福，即修身比上，享受比下。

人是自己的最大恩人、最大仇人、最大朋友、最大爱人、最大敌人。

遇事叨叨吵吵的人，才是最爱最亲的人。

一个人通过被打或被骗及吃亏，可看出三个境界：淡然、无视（圣人），哭或怨骂恨（愚人、痴人），还报并讨回公道（常人）。

尘世的屋檐下，有多少人，就有多少事；有多少痛，就有多少断肠人。

人世有60多亿人，但你一生至多活在60人中间，而让你至爱至痛，至喜至悲，至生至死的，最多不过6个人，这6个人就是你的世界，故对你身边的人、亲近的人、友爱的人，都要好好珍惜。故更多的人更多的事，你都没必要去在意。

一个人赚取了全世界，却失去了自己，又有何益？再之，一个失去了自己的人，就成了行尸走肉。

人都有以己度人的倾向，但每个人的经历是不同的，看世界的角度及看到的世界并不一样，故分歧难免。因此说，做人特别要宽容及兼容。

什么样的人，眼中就有什么样的物。如有品位的人眼中的天鹅是美的化身，无论飞翔还是栖息，都是一首飘逸灵动的绝妙好诗；没品位的人眼中的天鹅是美食，无论爆炒及清蒸，都是道不错的美味。

一个人，无论再成功再完美，再潦倒再失败，没有不羡人及被人羡的。

与人博弈竞争的过程，其实是不断试探对方底线的过程。你永不能完全掌握对手的全部，更不能开诚布公地让他知道你的全部。

坚守底线也许不能让你立即快乐起来，但可以让我们获得尊严。

有人的地方就有是非，阴谋，罪恶，诽谤，不要为之苦恼或生气。最重要的、最智慧的是：不要因之误了自己要做的事及坏了自己的心情。

人类的渺小与无奈被时间一点点抽丝剥茧。

人，应将青年（45 岁前）岁月用来打拼，包括学习，中年以后的岁月主要用来自觉思考（当然还要学习并终身学习，但要将之为思考服务），以便寻找自我最深处的芳香。中年重要的不是应有功业而是应有思想，如到中年还无思想的芬芳，就如同花之无香一样。

能休，尘境为真境；未了，僧家是俗家。“抱粗方掌响”，即指人往往到死后等到墓地柏树一抱粗树才得人认可，因那时候，与人与之已没利害冲突，世人才能公正对待之，反之有才尤是有大才之人反会遭妒、羁绊，甚至生命之虞，尤在专制化社会。

海拔越高的人心胸越广，对宗教越虔诚。因他们离上帝越近。

要想真正认识世界，须至少经过一次战栗，忧郁、惊奇（拍案）、痛心、哭泣（热泪盈眶）。

人，要会欣赏天际线，没有优美天际线的城市是没品位的城市，尤其在夕阳西下的时候，识读、能懂、能赏城市天际线，是你生命有质量的明显象征。

人应不改初衷。

不在于世界怎么样，关键在于人的看法（思维方式）。如天阴天晴，遇晴天则喜好天气，遇斜风细雨则喜有诗情画意，如此何愁天天不是好日子？

宁静是一个人同世界和解的标志。

所谓人，从某种角度上讲，就是一种能拥有地图的动物。

人类文明，就是讲道德的人类欲望相加的总和，就是人性对大自然（造物主）大小、无穷、序列等不满的总和。

人的内心就像一个农贸市场，小商贩在吆喝，你留神去找去买自己想要的，真正急缺的确实没有多少。想要的有多少，欲望就有多少，你总在找，总在挑，总在讨价还价。而内心真实（正）的需求，在这嘈杂的环境中，如同缩在水灵灵的蔬菜中卖带泥土豆的老农，谁会注意他（它）呢？

人，是一种温饱之后追求游戏的动物。

人的很多痛苦源于：一方面追求永恒、安稳、固定，另一方面追求变化、不确定、时时翻新。

为什么人死了说变鬼？鬼即归，如在汉墓里有陪衬的独木舟，是让死者的灵魂归向彼岸。

人对待动物的态度其实就是对人类自己的态度。

人幸运的表现有几种：1. 读书。2. 运动习惯，并可从中得到乐趣。3. 成为一个有素质的人。4. 可以听到美的声音，如雀蝉蛙鸣水流的声音、波涛声、星星的叹息声等。5. 常看到赏到美的事物并为之感动：野花的娇艳，行云的散步，朝霞夕阳倒映水中的影子，荷塘月色，嗅到青草的馨香（每当春天草青时，我要花时间爬山趴地嗅之香），秋桂的芬芳，冬梅的芬芳，夏荷的芬芳，以及大地泥土和莺飞草长的活泼气息，熟透果子的欢欣热烈的气味；触摸到野外植物细密的纹理，退潮后沙滩的湿润，心爱人如青草或瀑布般的头发。

越顺的人，时光流逝得越惊心。

被命运善待的人，如同向一个服务好的出租车公司租到了一部好车。

人活着的意义不在于赢得多少人，而在于帮过多少人以及素质超过多少人。

受得了孤独的，不是野兽就是神——当然是人中之神，即有神性的人。

人，要活得充实，必须要找到你的职业或爱好的有意义的兴奋点，如笔者是“此生执笔任疏狂”。

人遇穷困无非两个结局：奋发向上，打破难局；丧失信心，萎靡不振。

人要高瞻远瞩，应从生活里的山谷与阴影里走出，进入一望无际的高原，然后沉浸在阳光里，让灵魂自由奔跑，让和风吹拂头发，让内心充满伟大梦想。

人，有五能五不能：能揭弊而不能揭短；能整装而不能整人；能轻松而不能轻浮；能自得而不能自满；能随缘而不能随便。

人到老年，生理与心理向两极延伸，身体一天天老化，心境却时时紧扣童年。

人与人的能力没多大区别，区别就在于思维方式不同。

人的本质在于运动，安逸懈怠就是死亡。

你用什么东西来满足自己，你就是什么人。

人，作为绿色植物的客人，定要善待主人、感谢主人，即一切绿色植物。

没有一样东西是没有边界的，就像人类不可以没有皮肤一样。

事业，理智，光荣，爱情，都是人吃饱肚子之后的事。

人的朴素，源于自信。能朴素者即按自己的所好所趣行朴素之事，如吃穿简朴、不屑名牌、不怕人说自己穷或小气，的确需要底气、底蕴。因一个充分自信并知道自己价值所在的人，才敢于向世人袒露自己的真面目。

人的三大精神属性：人性、理性、超越性。以善为特征的人性源于本能及道德；思考问题的理性源于头脑；追问生命意义的超越性源于心灵。人性即人的尊严，包括自己的尊严及别人的尊严即人道主义精神——没人道主义精神是典型的没人性的体现；顺从自己的感官欲求是没理性的体现；不追问人生意义是没超越性的体现。

对有准备、有远见的人而言，坏消息才是好消息。

人的一切取决于他的想法、做法与感受，故宗教上出现了鬼与神，科学上出现了正与负，哲学上定义了善与恶。

人，只要心灵不死，只要保持心灵的不屈与英勇，困厄、绝境都不足惧。

人，只有在有所不知、不问、不为、不闻的情况下才能有所知、所问、所为、所闻。

人，无论穷富贵贱，醒着时都在单调、无聊、重复、枯燥、厌倦中生活，只有在白日梦中才能显示个性。

普通的人见壶开了去冲水，伟大的人见壶开了却悄悄造了蒸汽机。

你等待什么，就是什么样的人。

有的人一生只做两件事：嫉妒成功或害怕失败。

人和老天打交道，少不了吃些苦头受些气，但只要你低下头，咬紧牙，挺一挺就过去了。

人的核心竞争力来自不紧急的事：读书，锻炼，与智者交往，有益的业余爱好等。

人们无法飞翔，是因将自己看得太重。

人，可以看不见地，但不能没“见地”；可以没有眼，但不能没“眼界”；可以看不见道路，但不能停止前进的脚步。

人，在社会上安身如同跳探戈：不计进退得失或将之作为人生（舞蹈）的全部内容，大家彼此你来我往，起起伏伏，在（生命）舞台上随缘放旷，挥洒自如。

人究竟是什么，在科学高度发展的今天，仍未得到有效解答。是像太空人见到的一个小而不重要的行星上无望地匍匐着的微尘？还是像化学家认为的以某种巧妙方式结合在一起的一堆化学元素？还是莎士比亚说的有高贵的理想和无限能力？

人的创造力、想象力、竞争力、抗打击能力、理解力、成长能力最重要，尤其是理解力，无此易愤世嫉俗，也易沮丧，还易产生妄想。

人类有别其他动物的根本原因之一：有追求为什么的冲动及寻找答案的本欲。

权力是人品的“试金石”：恶人用权折磨弱者，善人用权扶持弱者。

人，什么都可少，唯不可少的是自尊心，至少如骆驼，被人弃后宁肯饿死、渴死也不回家（知家而不回）——万物皆可使人觉悟。

人，相逢要微笑，一个肌肉紧绷的人，就像一朵失去颜色的花。

人的每种身份都是一种自我绑架，唯有失去是通往自由之路。

惜名知耻，是人的一道底线。

人是什么只是指他过去是什么，将来并未存在。而现在又是一个联系着过去和将来的否定，实际上是一个虚无。

人被抛到这个世界上，除了自我塑造之外什么都不是。

人，要依照自己真性情痛快地活，又抱着宿命的态度坦然地死。

一个人的年轻，其实应是心境里不灭的诗意与朝气，这有内在生命不尽的激情。

人，无论环境如何恶劣，只要有希望梦想就坚强得难以想象，如一电影中的主人公遭诬陷，由风光无限的银行副总变成了一囚犯，他的梦想是希望在沙滩上开个小旅馆，翻新旧船让客人钓鱼，脚踩柔软的沙滩，日落后看星辰……遂用20年时间挖了个常人600年也挖不好的隧道逃生。

人与人之间的最大差异，不在智力，而在意志力量，即所向无敌的决心。

人脑需要科学的解释，也需要诗意的理解。

人如吃亏还坦然去吃，天会在暗处补的。

可怜之人必有可悲、可恼、可恨之处。

君子乐得其道，小人乐得其欲。

大气之人，语气不惊不惧，性格不骄不躁，气势不张不扬，举止不猥不琐——静得优雅，动得从容，行得洒脱。像花淡雅绵香，像树茂盛常青，像水柔情宜人。

伟人的历史就是悲剧，因不仅生时磨难多且得到公认时多不在人世或至少是在暮年或残病祸败之时。如梵高一生靠兄弟济生，没一个女人愿嫁之，死后一画万金。再看历史上著名的哲学家、艺术家、文学家有几人不是这样。因艺术都高于生活及现世，只有生活真实的人，或有大权、大智的人，才会拥有快乐及幸福。

每个人都应成为你自己，而成为你自己又是很不容易的事。如卢梭说："大自然塑造了我，然后又将模子打碎。"这话听起来很自负，可适用每个人——遗憾的是许多人忍受不了失去模子的自己，又用公共模子将自己重塑一遍。而成为你自己最重要的一点是要爱自己，不能自怨（仿佛是自己的仇人），也不能自恋（俨然自己的情人），然自爱才能爱人，给人以生命欢乐的人，也必是一个自身生命欢乐的人。如说爱是一门艺术，那么恰如其分的自爱则是一种素质。

人，最大的道法、最大的智慧都是诚实，得到的最高奖赏也是诚实。这个奖赏主要是对你身心健康的奖赏，幸福指数的奖赏，当然也不乏物质、工作方面的奖赏。如美国一美女高管叫哈里斯，2010 年 8 月在街头有个乞者（是残疾人），想要点零钱买东西，她没有想就给了他没设密码的信用卡，立即又后悔无比（里面有十万美金），没想到半小时后乞者果真送还了信用卡（只花了 32 元），报纸报后全国反响很大，使之得到了提升，一航空公司也高薪聘了这个叫瓦伦丁的乞丐。

人的最大的幸福、最大的成功都不是外表能看得见的，如同最大的山脉不在看得见的陆地，而在看不见的海底。而心底的这些看不见的，决定最大幸福、最大成功的东西包括：先进的价值观，正确的思维方式，知识，智慧，信仰，感恩心，知足心（物质方面的），心理健康，等等。

人，不仅奔跑不如动物，抵抗力不如动物，飞翔不如动物，潜水不如动物，有时智商也不如动物。如乌鸦有时以一种子为食时就不将之全吃掉以留得明年发芽。

人在年轻时写好自己的挽联、悼词、墓志铭、遗嘱与好友讨论，自己反思，有多方好处、趣味。

人是社会及政治的动物。

人作为宇宙的一部分，个人作为社会的一部分，对于来自整体的一切事物都要欣然接受，满意而勿抱怨。要准备好碰到各式各样不好的人，要忍耐而宽容。

人是一切价值尺度，若无价值，你这个人便不存在。

人的最高境界是有所作为。

人应善待工作，把工作看作是自己的本分，但又不能将职业成功如升官发财等作为你的人生全部或主要价值所在，要隐退心灵，保持自己精神世界的宁静一隅。

人类的骨肉都是用同样物质造成，人的灵魂都是上苍给的，具有同样机能，同样效果，同样德行，天生平等，唯德行、修养、素质才是区分人类高下的标准。

不文明之人已沦为禽兽，人类因文明与禽兽有别。

人心的高低在于是否有“银子”即看重钱，如同玻璃与镜子的区别只是少了一层薄薄的银子。

一个人的优点，必包含他的缺点；一个人的缺点，同样常常也是他的优点。

说是非者必是是非人，话题、朋友、敌人都是经常变换的，不变的是是非人他那张好说是非的嘴。

一个人要对别人有价值，首先是要自己有价值——因你丰富，你才能给别人东西。而爱就是给别人（友人、亲人、爱人）利益及快乐。

有哲学气质的人的一个特征，是对时间——永恒生命短暂的感叹，尤其是对这个对照感到惊心动魄。

人既要生存又要发展，只要生存不求发展的人最终要垮下去，而没有生存空间谈发展同样是无源之水、无本之木。对在森林中空手跋涉的人而言，拥有鱼及鱼钩都到不了目的地，只有两者的相互补充才能到达目的地。

许多人，尤其是智商较高的人常在一种侥幸的心态下做出冲动的事情来。

第一个吃螃蟹的人需勇气、智慧、风险，承担压力大，见可吃后在别人没反应过来时吃不仅没风险，还可创造许多吃的方法。

人生物质奋斗有止境，且应及时有止境，但成长无止境，对此你永远不能休息，否则你就永远休息。

你在与外界的搏斗中，虽然终归要失败，但那种顽强拼搏的精神，却是另一种胜利。

人是受情感支配的动物，同时又有思维能力和同情心进行自我调节。

人类伟大之处，在于他是桥（通道）而不是目的；人类可爱之处，在于他是过程不是结果；人类伟大之事，便是大轻蔑之时刻。

惆怅是人类潜意识王国里最复杂、最丰富、最活跃的情绪，越有知识、智慧、敏感的人惆怅越多。但惆怅里有种很深沉的美感。没惆怅的人生是单调的、枯燥的、斑驳的，诗气越浓的人越易得惆怅病。而人是一种惆怅的动物，既怕惆怅，又善惆怅。尤喜玩味体验那夕阳飞在烟柳断肠处的惆怅，而诗与音乐之所以能拨动人心弦，因其吐露了一种惆怅美。再之，世上一切美好事物，都会引起大惆怅。

是人创造了上帝，而非上帝创造了人。

谁不愿在人群中渴死，便得学会用各式杯子自斟自饮；谁想在人群中保持清洁，便得学会用活水自清自洗。

人活着不能没有嗜好，但强烈的嗜好则是暴君。

人若不低头，一道矮门也过不去。

人比动物多的，只是计较得失的智慧及感受痛苦的智慧。

人有生理、心灵、皮肤三大饥渴。而被抚摩则能释放快乐激素——内啡肽，缓解这三大饥渴，使人心宁、情愉、免疫力增强。

如你很怀念或习惯过去的生活，那么身后那扇门你永远也推不开。

“你在桥上看风景，看风景的人在楼上看你。明月装饰了你的窗子，你装饰了别人的梦”。卞之琳的诗解读了人与人之间需相互依存、装点的哲理关系。

汽车、人生都有保修期，人到 18 岁之后还让父母保管维修即成了废品。

在优越环境中长大的人和曾经吃了苦现在淡忘的人，最不能关注社会底层人的疾苦，为了这个世界更公平些，我们应去做一些力所能及的事情。

每个人的苦恼与苦难都不是他自己的，私人生活的陷阱往往是由社会编织而成的。

生活像一杯红酒，热爱生活的人会从中品味无穷的美妙。

有残疾与遭横祸，包括断肢或其他残疾的多数人，最终会接近正常人的快乐生活。因“悲痛可能会持续一整夜，但快乐会随着黎明而到来”。

人，只能毁在自己手里。因能打倒你的只有你自己。

世界像首交响乐，而我们每个人只是其中一个小小音符。单独拿出来是个小音符，甚至什么也不是，但作为整首交响乐的构成元素，它就是一切了。

长相不好就要有才气，没有才气就要有微笑。

人不可以无耻，无耻之耻，大耻也。

享受权力与荣耀的人，很难恢复常人心态。

人十分容易屈从于罪恶与情欲，在有权、有钱时更是如此。

那些缺权时活得很谦恭的人，一旦有了权，感到再没什么能阻碍他的暴行时，往往也表现得像魔鬼一样凶残。

人，对低潮的态度、方式决定向高潮的力度、速度，而人的低潮是上苍为你安排用以休养生息、深思熟虑和自我更新、积累提高的。

人，若想长久成功，即不从高谷走向低谷，就是不要被暂时的成功、外在的赞颂所迷，要时慎时恐、时奋时学、见人磕头、见贤思齐，还要明晰：成功不仅是动态的，月圆则缺，成时即转向败时。另外，还要做到以下几点：有共性之上的个性即特点；永远的谦慎；永比对手抢先一步；热情助人，以培养友爱互助的人际关系；居安思危，时时为危机做准备，先思考哪些可击垮自己并避之，而非先思考哪些可成功，因不被击倒就有成功的机会。

人的眼光决定人生幸福：看着你失去的，你就会跌入到不幸之渊；

欣赏你拥有的，你就处于幸福之顶峰。

一个人总以自己的得失取舍为标准，实际就丧失起码的操守。

人，只要有感恩之心，就摆脱了动物的无助与飘零，以及空虚与嗟怨，充满了心灵慰藉。

每个人都是别人一段生活的一小部分。一个能独观的人（花开独妍，自嗅其香）一定是一个智慧的人，学会了精神厮守的人，内心极为强大的人，懂得与灵魂把盏言欢、喜乐对酌的人。独观的高境是在宁谧中躲起来，与另一个自己在更辽远的宁谧中玩捉迷藏的游戏。

对有心人而言，处处有学问。

屋火而移薪、舟没而购芦（葫芦）、病重而求医，这都是一种愚昧的表现。

人，无论再老，都要对美好事物和亲情、友情有正当追求。

只有亲身经历过苦难的人，才懂得怎样安慰别人。

小孩子生活在自己世界里，大人生活在别人世界里。

极力想保密的人，秘密很快会从之于众。即为了更保密，不得不公开。有如将密码设得过于复杂的人，不得不将之写在墙上。

一个人，简单会显得年轻，世故极易衰老。再之，多欲也使人显老。

人的智力素质中最重要的素质是：好奇心及独立思考能力。

身在官场还能坚持写作的人，有极其顽固的真性情，权力事务都不能把它摧毁，反赋予所掌权力一种理想。再之，爱读书及写作的官员不易腐败，也不易昏庸，他的良心未泯且较有修养、眼光、胸怀。

在复杂艰难的环境中生存的人会有两个结果：走向世故或智慧。

狂妄或自大的人易走极端。

学而不思的人等于将自己的头脑变成了别人的跑马场。

诗是人青年时代的梦，神是人少年时代的梦，功是人中年时代的梦，健康是人老年时代的梦。

人是大自然之子，在大自然里何处不能歇息。有此思想人便易

“心若挂钩之鱼，忽得解脱之感”。

有才之人不能生卖弄之心，一卖弄就平庸且流于俗了。

人可平淡，但要鲜活（个性鲜明）、有味（有深度、有趣），如同只有鲜鱼才可清蒸。

人不怕有形残疾，那只是人生一种残疾。人人皆有无形的残疾：情趣的残疾、思想的残疾、个性的残疾、道德的残疾、气质的残疾、勇气的残疾、爱的残疾、亲情的残疾、健康的残疾（有慢性病）。

具有文人或诗人气质的人，往往在感情及智力上早熟、过人，而其在政治上晚成熟或更多的人一生也成熟不了，甚至步履维艰，多深受排挤。因他一是始终有一颗稚子之心；二是他用稚子的心或眼看世界；三是用高于生活的态度待生活；四是不跟从成见及习惯，常有独到的发现而显得不合群或不合时宜。

人类的两种难改变的习惯：道德与逻辑。逻辑习惯使人易于在事物中寻因果联系，对因果外的广大内涵看不见；道德习惯使人在对人和事动辄作道德判断，而漠视了人间的真实生活。

生活在时间中的人可与古今哲贤相谈，生活在空间中的人只能与邻人俗士相交。

人做事情，无非是三个原因：利益、性情或爱。利益是强制力量（实用标准），性情是自觉行动（愉快标准），爱（亲、友、情）是一种付出（心灵满足）。

人活在世上名垂千秋、才盖天下，不仅可能性极小且风险极大、透支极大、遗祸极大，但品千秋之文、解盖世之才不仅无以上弊端，且不负此生了。

人在青春期心灵发育的三要件：书本、友谊、自然。

孤独内向之人，交友往往是真心的。

人最靠不住的是突如其来的好运，这多半是陷阱或祸端的开始。

君子与小人的“分水岭”：肯不肯吃亏。

每个人心里都有个地狱，每个人心里都有个天堂，每个人心里都有个魔鬼，每个人心里都有个天使，就看你去哪里及放出谁。

想让一个人沦陷，就给他很高的位置，因沦陷的人有一个共同的象征：疯狂。人一疯了，会心生不可一世之感，人格会日益卑下、人品会飞扬跋扈、人性会为虎作伥，在意一切风吹草动、喜欢一切敬奉、希望他人目光追随。总之，是既四面威风，又四面楚歌。

树是地球的生物，人是宇宙的生物。树之根在土，人之根在心，心的养分比身的养分更重要。故人要有宁静（最养心）、音乐及阅读和艺术。

一个人的粗话，可能是另一个人的抒情诗。但这个粗话须出自文雅人之口，这才有诗意，否则只能叫粗鲁与粗鄙。

一个人生命的方向，不是基于利益的考量及能量，而是归结为儿时的好奇心。许多人长大后被世俗的钩子勾引着，去追求俗世都看重的金钱、权力、地位，到头来不一定能赢得全世界或自己想要的，而一定会失去自我及自尊、幸福。

有些人总觉得生活的不公，有些人则一心为身边的善行感到鼓舞，这都是人思想的差距。

人与人相遇的可能性是千万分之一，成朋友的可能性是二亿分之一，伴侣则是五十亿分之一。

一个人对工作的态度，有时不仅决定工作质量，而且也决定着自己的命运。如有一个因偷看半小时球赛而被解雇的人，一生始终穷困。

人的许多物质需求并非真正需求，而是看别人有即被社会刺激起来的，其实正如许多古希腊哲人而言，人的需求其实十分有限。

人有两类本能：生命的本能，即爱自己的生命；同情的本能，即爱别人的生命。如见死不救的人事后他会很不好受。故一个人如有同情心就说明他既自爱又爱人，如他对自己的生命麻木就会心如铁石，也不会同情人；如仅仅对别人麻木就是犯罪人格，会为一切欲望而不择手段。

趋利避害、趋乐避苦是人的本能，对这一点不能作道德批判。

人，真正显你素质的不是在穷贱时，而是在富贵时，是否谦虚，是否有精神目标，是否关心弱者。

人，只要每天进步一点点，就能茁壮成长。如各方面每天进步一点点，就更了不起了。

每人都可利己，但不能损人。

大人望插田，小孩望过年。

人应像植物一样，安静地活着。

人在一切物质之中，又在一切物质之上。

人在文艺方面的鉴赏力，是一个人综合能力的体现。

人类普遍的错误：以权、富及出身和门第论高贵。

个个是胜者，人人是能人的时代已来临。

人的基本责任是不给社会加负担。

人，只有在败落的痛苦中才能升华出深刻的东西来。

人的一生应兴于诗，立于礼，成于乐。

人的一个重要使命是给万物命名，并以命名来占有并掌握这个事物。

走在人类最前面的人，不是疯子就是傻子，多以性命或自由为代价。但是明知此而为之的则是真正的伟人。

当你踌躇时，这个世界很大，可如你走出第一步，这个世界很小，因对人生而言最大的敌人是你的犹豫。

人，太干净了，就没有抵抗力；人，太完美了，就没有快乐。

中老年后，人的机会越来越少，好时光越来越少，老到一定时候路走不动，话说不清，食物吃不动，更不要说性、运动等享受了，故要抓紧时间去享受，去爱，去旅游。

人，过度放纵本性就成了病态。人，如想健康、成功和久远，就要一生坚持约束本性中那偏执的、不好的、劣根性的一面。

人，无不想完美，可多数人又不知真正的完美定藏悲伤。

文人怕没骨气，武人怕鲁莽。

人孤独是绝对的，再深切的爱，再温情的话，再喧闹的场所，也无法抚慰人们最终极的孤独，更何况人与人间还有更多的误会、猜忌、冷漠、仇恨、伤害。

人一辈子所受的伤害绝大部分来自身边的亲人而非敌人。敌人的伤害是偶发的、可摆脱的，且不伤心；亲人的伤害是日常的，继发的，不能摆脱的，像一把钝刀，一刀一刀日复一日挫磨着、切割着人心。

一个人找一个人难，一句话找一句话更难。世上的人遍地都是，说得着的人千里难寻。有时一个人为找到一个能说句知心话的人，需一辈子甚至一辈子也不行。

人死，应是剧终，旁观者应鼓掌不应哭泣才是。故只有庄子等大智者才能对之鼓盆而歌。

人类最大的悲哀莫过于意识到自己原来是临时寄存在这个世界上的生物。

人有两个我，生理的我与心理的我。但第二个我常抱怨第一个我，又不敢得罪他，因时时处处需要他，否则什么都做不成，不得不将之视为一个不敢得罪的仆人，可奇怪的是主人必须寄居在仆人屋檐下。而生病是第二个我对第一个我的强烈不满，并镇压其叛乱的行为。

人，首先要做的事不是去看远方模糊的目标，而是将之变得清晰可见，变得触手可及。

人，要紧的是首先认识到什么东西最重要及自己真正想要的是什么，一旦有任何选择满足你的标准，就要立即停止搜寻和比较，把目标放在这个选择的正面价值上一路不懈向前。

人的行为出于道德或友情考虑（价值）时不能给投资，就不能引入货币市场定价，那会使人产生厌倦、抵触情绪，因金钱不能解决一切人生问题。

人最重要的不是成功成熟，而是走向成功成熟的过程。

人灭亡于敌手或英雄的悲剧者少，消磨于平常或简直近于没有事情的悲剧者多。

每个人都可成为伟人。芝加哥的一位保姆喜摄影，拍了几十年芝加哥市的照片，记录了此市的发展，成了与卡拉汉比肩的摄影大师。

一个背向太阳的人，只会看到自己的阴影。

科学、艺术、哲学本质上是个悲壮的东西，它们表明了人的价值、人的尊严。

想在任何领域里称王建王业，都要具备哲学、艺术、科学这三个方面的修养，这正如“王”之三横，但人是关键一竖。

## 关于人生

人生的青春是一种苏醒，往往与年龄没关系，是先天的天地精华与后天的磨砺的融汇。如心中有春的人，在炊烟升起时如倚在篱上休息，目光自然会随炊烟望到蔚蓝的天空，那贵族气的蔚蓝，温润又骄傲，空间却有着童话般的神秘高远及无尽辽阔。万里无云恰似聪明、能干、俏丽的女人晾晒的床单，令人有说不出的洗练与明亮。

爱和知识是人生成功幸福之本，美好的人生是为爱所呼唤、为精神所引导的，有爱没知识或有知识而没爱都不会有美好人生。

谨慎、远虑是美好人生的一部分。连流落荒岛的鲁宾逊也曾辛勤劳作自我克制和深谋远虑。只有儿童才很少考虑谨慎及将来，动物根本不考虑谨慎及将来。

人生是艘愚人船，船上的人自认为聪、美、能干，且至死不悟。

人生每个人都有求且都有无尽的求。求不得，又不肯放手，便苦海无边了。

人生的很多事是应重过程但不能看过程的。

过来昨日疑前世，睡起今朝觉再生。

凡俗的人生应如一口塘，不要成天想掀起巨浪，而应将细碎的涟漪编织得如花似锦。

人之所以陷入危险，不是因其不说谎而是因其敢讲真话，这是弗洛伊德的观点，也是人类社会中一个常见的令人悲哀的定律：社会中敢讲真话的人通常肩负着人类中最大的厄运，在古中国封建专制制度下更甚。如苏格拉底、孔子、哥达毕拉斯、李贽等。这从社会学的角度又叫“崇谎定律”。人类远不是由意识主宰的理性动物，相反而是由潜意识主宰的非理性动物。理性意识不过是巨大的冰山浮在水面一角，而潜意识非理性则是潜浮在水以下的90%以上的几乎全体。社会上的“崇谎定律”使那些仁慈、慷慨、心安理得、忠诚老实为他人着想的人经常会一事无成。反之，许多自私，获得及占有欲强，对人残酷的都偏偏做大了事业。而人们又崇拜前人的精神，后人的成就，这是人生大困惑之一。

求学阶段（包括刚工作的学习阶段）是人生最幸福的时期，可惜许多人不明白。

决定人乐与福的是心境，不是环境。人生至要在好心境，因人生如同匆匆而过的高铁列车，就几十年的光景，只有痴愚者才选择苦涩即不快乐。

还能冲动，表示你还有激情；总是冲动，表示你不懂人生。

人生最美，不过是凭栏看落雪，且不可接雪，因接到手便化了，如同人生的许多憧憬追求，到手则“化”。

要从另一个角度看悔，因悔是人生重要内容，人生若无悔便无趣。

只要不起比较心，认识到岁枯岁荣（得得失失、起起落落）都是生命常态，人生一切皆美好。

当年美国的财长汉密尔顿与副总统伯尔决斗而死说明：人生非一帆风顺，看不见、想不到的意外必须面对。

人生虽要精算，你在无可逃时，要笑对，怨艾只能使你更没品位。

没有绝望的处境，只有绝望的人生。

人生只有不停地战胜困难，才能感觉到自己是一个真正的人。

人生最重要的不是你拥有多少，而是你在乎多少。

人生高品位之一：做卧龙岗上闲散人。

人生不懂艺术，不能有较高的艺术欣赏水平等于虚度。正如傅聪说："上帝让我与音乐为伍，这就足够——我亦十分知足，唯感在上苍面前索取多多而无所回报，心存愧疚。"故对自然的敬畏之感，对社会的感恩之情，对人类的博爱之心，将伴我一生。

贪婪是人生道理上的大愚昧，智慧的大缺失。

人生"六量"重要：识量、雅量、胆量、力量、能量、肚量。力量不仅指力气，还指个人的能力；能量是调动人的力量；肚量是成大事的基础，与成就的事业成正比；识量、胆量是成大事的前提；雅量是生活质量、品位的基础。

人生如水上写字，第一笔未落下，第二笔正流向远方。人生的高度，取决于自己的态度。

人生最愚蠢、最悔恨的事之一：人在天堂，钱在银行，子女在公堂。

素淡，是生命的大美和庄严，是人生难得的另一个高境界。

每个人的一生大部分时间都在同两个强大的敌人搏斗：物质上的贫困、精神上的无聊。而人类在现代物质丰富的社会，同物质上的贫困斗，易且短；同精神上的无聊斗，难且长。再之，穷人同贫困作斗争时，没时间去无聊，故无聊多属富人的兄弟。

人生四大幸事：生得其所、老得其福、病得其健、死得其时。

岁月是什么？长的是磨难，短的是人生。

人生真正的优势，不是通过钱权带来的东西，而其本质是最广泛的选择权。人生真正的幸福，也非由钱权带来，而是通过读书、运动、创作等过上一种高级的心智生活。

人生到了关键处、绝境处、垂死处都不应力图改变而最后都应顺应天意。

人生如牌局，发牌的是上天，出牌的是自己。得到的牌如出生长相等先天性的东西，无法改变只能顺其自然，心安理得接受；努力出好牌，将每张牌出得淋漓尽致，乃至精彩，就是最大成功。没有人手里永远有好牌，也没有人手里永远是烂牌。拿好牌时不大意、不得意；拿坏牌时不气馁、不悲观，心志、时机、策略、配合很重要，另外分析对手，把握局势很重要。顺时戒恐，不要想多赢；输时急转，在于减损。

人生无处不围城：未（长）大想大，未婚想婚，未功想功，未闲想闲。岂不知未大、未婚、未功、未闲（有工作干）都是许许多多人向往的。

“那又如何”，是著名杂文家刘思之座右铭，他有幸认识到了功名利禄带来的只有烦恼厌倦；而逆患起伏，恰又使生命立体，人生丰富。

“叔本华钟摆”指人生如钟摆，总在痛苦（得不到即不能如此）与无聊（及得到后的不过如此）之间摆动。

人生历程最遗憾的地方，是可以回头看，却不可以回头走。

“人生只要付出一杯清水，一点热（烈）度，连枯萎的花儿也能再次开放。”这是我喝花茶及种花的感悟。如此，人生还有什么不可以呢？

人生的悲剧之一是有牙时没花生豆，有花生豆时没牙了。即有钱没闲，有闲没钱，有钱有闲时没了健康，还有能享情爱时没了身体，有激情写作时没人发、发不了，有激情能力工作时无用武之地，有用武之地时没了激情能力。

世上有很多事本很明白，你越研究它越不明白。即人生不能将简单问题复杂化。

人生忌满：功满、德满、名满、自满，因月满则亏、水满则溢、人满则骄，自然之道。有诗云：“人生自古最忌满，半贫半富半自安；半命半天半机遇，半取半舍半行善；半聋半哑半糊涂，半智半愚半圣贤；半人半我半自在，半醒半醉半神仙；半亲半爱半苦乐，半欲半禅半随缘。半水半烟看柳，半风半雨催花，半隐半现桑女，半藏半见人家。童仆半能半拙，妻儿半仆半贤；友人半俗半雅，心情半佛半仙；饮酒半酣最好，花开半时偏妍。人生小半在于我，另外大半在机缘。”

对那些将钱作为人生主要价值的人而言，与其说赚钱，反不如说被钱所赚，因钱赚走了你的青春、时间、体力、健康、生命。

在各种力量互相搏斗，人际关系非常复杂的专制时代，人生无论成败都总是难以安顿的。

人生忙的目的应是享受生活、回报父母、满足家人、干自己喜欢的事。可现代人，尤其是一些成功人士忙的结果往往是享受不了生活，远离了家人，干自己不喜欢干的事。说实在的，这可是一个人做人最大的失败。

节日，不仅代表喜庆、热闹，更应代表思考，因它是人生岁月的分界线。

智者视烦恼、痛苦为人生的组成部分，如你想没有烦恼、没有痛苦、没有隐患，那你就没有人生。

为什么有哲人说“十六岁后的头二十年是你一生的一半”？因这二十年不仅决定你一生，影响你一生，而且就人生经历的内容而言，也是人生的一半甚至大半。

人生根本问题的根源，不是来自形而下（物质）的层面，而是来自形而上（精神）的层面，即来自心的层面。这是传经学问（儒释道）都强调修心之根因。为什么这三家都不强调物质或强调博爱或强调无欲或 强调“知足者乐”，即是要解决人生的根本问题须从精神层面着手，因沿物质这条道你走到天上、太空、外太空，都无法解决人生的根本问题。

春天不是季节，而是内心；生命不是躯体，而是心性；人生不是岁月，而是永恒；云水不是景色，而是襟怀。

人生重在惜福，即使有十分福气也只能享受二三分。惜的内容包括惜食、惜物、惜缘、惜时（时间即生命，福乃生命附属物）。对日常生活尤其是物质高度丰富的今天，重点是惜食。再之，你看有几个沉溺酒食、纵情逐欲的人能自尊、清明而活得洒脱、健康、长寿？

人生磨炼越多越有趣（意义），不经磨炼（或读书可弥补），脑袋空空有什么意义？尤其是日子越好过，脑袋越易空空，越易厌倦、空虚。

健康与人生成败及幸福关系很大，如运气出自呼吸中的运气即腹式呼吸法，如你气不运或连气都运不好，怎么能有好运气呢？

有大理想、高智慧者无凶吉，故有凶吉（利害）观念的人，你已没有高层次、高境界了。人生的最高境界是没凶吉、没得失。

年轻不是岁月，是一种心态及生活方式，如英国等欧美国家认为55—75 岁是中年。

人生的两大悲剧是：得不到想要的，及得到想要的，包括人与物（名、利、权、异性）。得到想要的之后，不仅会厌倦，且许多人劳顿多年，达成自己的目标之后才发现搞错了，牺牲了大半生时间得到的东西，并不是自己真正想要的，或代价太大得不偿失。

人生的很多追求都是虚妄的，去掉这些虚妄可省你很多精力。

人生真的说不准得失。如清朝川督吴棠做县令时送友路费 300 两，结果错送给了入京选秀女的船上，正待上去索还，幕僚劝说：说不定日后成贵人呢？便换笑腔上船问候（原是慈禧）。真乃“只因一回错，便为人上人”。

人生最重要的是见识问题，有了超凡见识，才会有超常的智慧、勇气、毅力。冥冥之中看不见的手，往往根植于自身素质、环境、文化、教养、阅历等，并以气质、个性、文化、心理结构形成，其制约一个人的进退。

心是观念的代表，所以心是思想行为的总枢纽。故人生在你心上，是你自己想出来的。

人生有两条路，一条是现在的事业，一条是千秋的事业。如宋之三大儒千古有名（朱熹及“二程”）便是千秋事业。

人生最重要的事情，就是做你现在做的事情；人生最重要的人，就是现在和你一起做事或相处的人；人生最重要的时光，就是现在眼下的时光。

为何“易”的每卦有六爻，告诉人要学会将每件事分成六阶段，人生也应分成六阶段（婴幼，少，青，壮，中，老），更重要的是每个阶段更要做好应做的事，如幼年时的玩耍；青少年的学习、恋爱；青壮年的活力及奋斗；中年的觉悟；老年的顺天。

人生最大的智慧、最大的原则是“乐天知命”。所谓知命，是知晓、透悟生命的诸多重大问题，如从哪里来，到哪里去；活着究竟为了什么；什么是你最需要的，以及成功、婚姻、顺逆等人生诸问题。乐天，就是快乐地度过人生中的每一天，无论贫富贵贱顺逆。

人生最不幸的是晚节不保，晚年不健，晚年不安（即生活无着落），晚年不悟。

对人生而言，并不只是良善的事帮你，反之更多的是悲伤、痛苦、伤害，这些负面东西在扶持你。世间根本没绝对负面的东西，只是你不曾深味它全部意义罢了。

人生就是一场忍耐的比赛：忍耐苦、不公、失败、攻击、讽刺、沧桑、嫉妒等。

人生最大的快乐和最大的悲哀都是满足。

人生的一切都不一定，而不一定却是一定，如《易》曰：变，才是永恒不变的。

人生的至理，就是水深火热的循环往复。

人生最奥妙的，就是你永远没办法重来。

“人生不得抒胸臆，犹活万世也为妖”，这个妖即指不正常，这个胸臆主要指按自己的方式活。

人生有三苦：想得而得不到的；付出许多代价不过如此的；轻易放弃后才知是最重要的。

人生如场电影，但结局注定是结束即死亡。

人生如雪花，初时形状一样，在下落过程中随湿度、温度、速度、气流不同而变。但不管有多大不同，当雪花落到地面都迟早会融化（死亡）。故如果你很卑微、困顿，要想想飘落的雪花，一切都在变化；

如很显赫，也要想想飘落的雪花，一切都会融化或消融。

性格决定命运，人格决定人生。因有光明的人格才有光明的人生。

人生的一切美好快乐都多在中间阶段或过程中而非一步到位，这在爱情中尤为明显。

人生有身体、心智、灵性（魂）三个层次，相互关系是：身体是根本的，心智是需要的，灵魂是重要的。银子、房子是身体的延伸物，幸福快乐是心智的延伸物，境界、高贵（尚）是灵魂的延伸物。如果仅有第一层次只会尝到重复与乏味的苦果。心智又包括“知、情、意”三方面，只有这三方面持久深入全面的开发，才可化解“重复与乏味”即厌倦的压力。

人生高境界之一在于大度看世界，从容过生活。技在手，能在身，思在脑。

对人生而言，能不能是第二步，要不要才是第一步。

人生的很多事成败在细微之处，如一个齿轮能转动整个磨盘；还如一个德国客户，感慨日本一公司订票员，将自己的票位去来都安排在能看到富士山的那一面，而因之为其增订了600万马克的合同（每年）。

人生重要的是：放下而非放弃。

人生无非两个字：悲欣（交集），如同古希腊剧场门前有种石雕，是两种并列的脸：一欢（向上扬嘴角）一悲（向下翘嘴角），即指剧场（人生）中的悲喜剧。故智者知道：“喜（剧）虽人人所求，但悲（剧）即不如意却人人难免，因困挫、委屈、失望、不如意等，却是人生的大部分内容，能正确认识接纳之，并化成向上的动力，从而悟出能避免失败的良策，才是有智有福之人。”

人生如一篇文章，只有经过多次修改，才能完善。

人生最致命的背叛，就是身体对你的背叛，即自己的生理、心理健康出了问题。

人生最大的悲哀，是拼了一辈子，还不知自己内心在想什么，真正需要什么。

人生的高境界之一是对得失、荣辱、福祸不动心。如王阳明（明朝）落第后人（讥）问之，答曰："人以落第为耻，我以落第动心为耻。"因对大智者而言，上榜下榜如同快乐与痛苦、顺境与逆境一样，都是人生的内容，不必太在意，最好的是如同作曲家，将这些高低音尽情收藏于曲，变成（人生）优美的作品。

人生，有时你会输掉一场或几场战斗，但却仍能赢得整个战争。

人一生有七次决定人生走向的机会，每次约隔 7 年。从 25 岁开始，75 岁终止。第一次不易抓到，因太年轻，最后一次也不易抓到，因太老。

人生是座大监狱，监狱是由宇宙时间和空间组成的。人生世界变成了一座怎么也冲不出的心灵大监狱，除非你达到了觉悟。

人生如一条小溪奔向大江大海，重要的是保持一颗童心，像小溪那样欢快、透明、机警，如此没有过不去的坎。

悲悯心是人生的第一富矿，有无限能量，而单纯质朴的心灵则是打开它的金钥匙。

人生，就是用几十年光阴换回满满一行一行的故事。当然这些故事有动人及乏味之分。

追求解答人生的意义与目的是一切学问中最高、最后的学问，也是所有学问中的学问。

每个人的一生都是一场事先已输掉的比赛，因人生只能活一次。

人生如箭头，不能回头，回头即意味着堕落。

人生的悲哀是逝者如斯，往往不再，不能踏入同一条河流。时间的无情（也最公平）使你愁也没用，唯一正确的是只能"莫等闲，白了少年头，空悲切"，在上苍规定的范围内，将能做的事情做得尽善尽美，才不会有"时易失、心徒壮、岁将零"的万古悲哀。

人生要慢慢、细细品味才有味。如"快活"，活得快即快死，快（快）活不就是死得快吗？现代人为什么在越来越富的同时，幸福感越来越少？就是因为技术进步使世界过度旋转，市场经济使人类过于奔忙

（努力），容不得你细细咀嚼人生，慢慢品味人生。

人生要重适度。如一时躺在床上、楼上休息，是劳作后的歇息及享受；如一生躺在床上、椅上，则是上苍的惩罚。

人生之难，莫难于寻求知己，那是可遇而不可求的。尤其是红颜知己或蓝颜知己，得之，我幸；不得，我命。

人生就像一所医院，那里的病人都希望换换床位。这个“床位”包括职业、婚姻、居住地、朋友等。

人生烦恼之源是：放不下、想不开、看不透、忘不了。

不把死想透的人，生必不踏实。因人生只是瞬间，死亡才是永恒。

人生的快乐处方：信心，研究问题，工作乐趣，亲情，善，运动，情趣，读书。

人生要同各类“匪”斗一生，惰是悍匪，自私是劫匪，自满是楚楚动人的女匪，灰心是恶匪。人生即斗争（竞争即斗的代名词）。但斗胜的第一要素是要看得远，如下棋，高手不仅看五步十步且更高境界可下盲棋。下棋找高手，弄斧到班门的人才会尽快提高。

飘零，原本是人生的一种劣根性。正如杜甫的诗：“飘飘何所似，天地一沙鸥。”地球本身就是一粒太空中漂泊无依的弹丸嘛。

为何说茶如人生？滚烫的开水冲入细小精灵的跌宕翻腾，又最终沉入水底，多像我们的人生，翻腾过，折腾过，风光过，安谧过，最终归于沉寂。

人生到处有《二十二条军规》，即到处有你永远说不清的事情。如离婚是感情不好，可感情不好为什么要结婚？

结茅邻水，危楼乘月，远寺听钟，又是何等自在人生。

人生唯激情与自由最重要。

人生最大智慧之一是喜欢你所得到的，因你不能总是得到你喜欢的。再之，人生烦恼的一大根因是总想得到喜欢的，排斥讨厌的。

人生最大的悖论：人生的有限和追求中的无限；人生最大痛苦的根源：资源的有限与欲望的无限。

为什么大海中因触礁而覆的船比飓风掀翻的多？原因不外有三：大意，目标不明，漏洞。故人生的许多关头不在于抗风雨，而在于谨慎、有目标及补漏洞，即克服自身及人性劣根性。

人生的许多空虚不在人的孤独，而在心的寂寞；人生的许多档次不在于外在包装，而在内在品质；人生的许多辉煌不在狂热的宣泄，而在冷静地凝结；人生的许多事不在跟随而在探求；人生的许多魅力不在完美而在于对缺憾的回味。

人生幸福及成功的核心要素是将“如果”换成“下一次”，因“如果”使自己浸泡在后悔中，负性情绪将占据心灵。

无论人生遇到什么，不管是意料之中还是情理之外，沉静永是必备的心理宝藏。

人生有很大的不可预测性。如曹雪芹：“叹人世，终难定。”蒙里：“人要时刻准备告别人生。”虽然中青年离死很远，但每年自杀、事故死亡近百万人，大部分是中青年，且不说中青年中有因病夭折的。年轻人死亡率低是社会事实而非个人事实。一旦这个低率落在哪个人头上就是高了，即社会事实的1%就是你个人事实的100%。

人生五大陷阱：大意、轻信、贪婪、痴迷、犹豫。

人生的一切问题都不重要，重要的是你是否做了你该做的事情。

人生无常，输赢都是暂时的，从容淡定，张弛有度，是一种境界及人生大智慧。

人生的超脱并非没有痛苦，而是从痛苦中提炼出欢乐。快乐的能力是人生最大的能力。如苏轼：“百年须笑三万六千场，一日一笑，此生快哉！”还如金圣叹被处极刑时说有要事相告：“花生与肉干同嚼，大有肉滋味，此中秘密，请勿外传。”

人生最重要的三句话：有人爱、有事做、有期待（希望）。

人有两个自我：一个到世上去奋斗，去追求，也许胜利，也许失败；另一个自我含着宁静的微笑，把遍体汗水、血水的哭着、笑着的自我迎回家。

人生观包含两个方面，即对人生的总体评价就是生命的短暂性产生的问题：如不朽、终极价值，核心是死亡问题；生命的动物性而产生的问题：人活着有比活着更高的意义，核心是信仰问题。

人生有无意义问题，世人有三种答案：肯定、否定、两极之间（是哲人）。

人的生命如没高于生命本身的目的，就仅为活着而已，和动物没什么区别，顶多是欲望更强烈、满足的手段更高明罢了。

人生哲学的根本问题有两个：生与死、灵与肉。人生的种种困惑，说到底是由这两大问题引起的，哲学、宗教都是为寻求比肉体更高的生活而存在的。不要认为死没意义，死后万事空，但想到死，就会意识到一个人的最根本的责任心是对自己的人生负责。另外，思考死亡问题，对人生会更超脱，否则只知进取，不知止步，不仅可悲且遇挫会垮掉，故智者会常用“死者”的眼光看生者的事物。起码智者会保留这种眼光，因人生总有不顺的时候，用人生终有一死的眼光来看，成败荣辱都是过眼云烟，都不会太过看重。

人生的最重要的事情不是幸与不幸，而是不论幸与不幸都能保持正直、乐观、尊严地活着。苦难与不幸，任何人都会落入其中，一个人仍能以尊严的方式承受，并赋予人生另一种意义，因为环境好时活得好，活得有尊严不难，难的是环境不好时仍能活得好、活得有尊严。

人生三大问题：活着（生存）、死亡、幸福。而哲学是为死亡预习或做准备，把死亡问题想明白，从而能坦然从容面对死亡，如高僧的涅槃。那是修行、智慧到一定程度才能达到及能安然面对的。

没有探寻的人生是一文不值的。

人天生要忍受一切。忍，是做人的第一义务。

人生迟早且必须从舞台上退场，这是人的命运，人人难逃此劫，虽然届时人人感到忧郁，这种感觉让你感到苦涩而欣慰，黯然而又轻松。但智者会使自己体面、庄严地退场，即使你的戏未演完，新的演员已经代替。再之，他们这些智者明白：退场最可看出一个人的水平、能力、智慧，只有愚蠢的人才恋栈或退而不休。

人生将遭遇一连串的痛苦和不幸。

人只有经历了剧烈而持久的苦难，陷入绝望的边缘以后，才会突然转向自己的内心世界，达到超然物外的境界，认识到生命的本质。

人生像一场雨那样短暂。

人生的成成败败，由过去的真理总掌握在少数人手里变成了今日的掌握在所有人手里。

人生多些宁静，比什么都重要。

人生最重要的是战胜自己，而不是把别人打败。你如有此想法就已经开始战胜了自己。

人生的每次付出，就像空谷当中的喊话，没必要期望要谁听到，但那绵长的回音，就是生活对你最好的回报。

人生的许多东西是多余的，比如钱、欲望、名声。故因为你的舍弃，将会发现人生更多更美的风景。

人生最好的境界是丰富的安静。安静是指摆脱虚名浮利的诱惑；丰富，是因为拥有内在精神世界的宝藏。

人生如旅游前往大包小包装东西，原因是一旦用得着，结果都没动。人生智慧及人心成熟，就是更懂自己，并学会逐渐删减。

适度的勤奋，是对自己的尊重，人生的珍惜；过度的勤奋，是对自己的糟蹋及人生的破坏。

人生重要的是丰富的简洁，深刻的平淡，自信的谦虚。

人生值得珍惜的是自甘淡泊中的那一份执着。

人生即事业。

人生就是一场彻底的清算，一场与自己的本性进行的战争。

人生的需求是生存、发展和享受，而生活的秩序被欺诈破坏时，生存就成了问题，谈何发展与享受。

人生的真谛在于享受淳朴生活，尤其是家庭生活的欢乐。

人生最理想的状态是像圣人一样活着，像哲人一样思考，像运动员一样健身，像鹤一样悠闲，且常怀对一切的感恩。

人生如玩收藏，太在乎收藏品真假、市场价格的人，往往赚得都不多，即使赚多了也不快乐（幸福），只有那些真心喜欢，不被外界看法、外界价格所左右的收藏者，才能获得最大利益。

人生两大幸福：做你喜欢的事，同你喜欢的人在一起。喜欢的事尤其是指精神生活即智性的事。

如用两个字概括人生的话，就是“生死”，故人既要重视生又要透悟死，“不知死焉知生”。

你学过的每样东西，遭受的每次苦难，都会在人生的某个时候派上用场。

人生有限，要善待自己及别人，活得快乐的主因不是改变世界，这个世界够完美了，倾斜带来的四季变化；神奇的太阳、月亮、温度，万物为人所用等，故只需要改变的是自己。因此要多赤足走在春天的田埂上，多看几次日出，多同儿童玩耍，多看几次父母。

人生唯一捷径是把自己有限的生命和贫乏的知识，沿一条有阳光的大道不懈而行。千万不要把精力，尤其是青春耗在过多选择上，尤其是在专业和行业两者间只能变其一，绝不能两者都变。故要记住一句话：因为专业，所以卓越。只要你坚持一个方向，定能成功。

人生的奢侈品不是名牌，一掷千金，鲜花掌声，而是简单及内心的安宁。这只有你活到执于欲念而痛苦的放不下时，才会发现。

人生最重要的东西如五个球：职业，爱情，亲情（家庭），健康，道德信仰。第一个是皮球，摔地上可弹，后四个是玻璃球，摔地上就碎了。

鸡蛋从外打破是事物，从内打破是生命；人生，从外打破是压力，从内打破是成长。

人生最大的能力是创造力，而创造力又来自内部，所有外来刺激如钱、运、奖、接纳都应阻之。另外，与人保持一定距离及舒适、平静、悠然都有利创造力的培养。

人生，有时需要酒后的勇敢与任性。

居里夫人：人生既过得有用，也要过得有趣。

人生如一头推磨的毛驴，劳碌（追求），磨有两个盘（精神，物质）一个轴（哲学），动力是对这个世界的好奇、热爱。

对人最重要的是人生、生命、工作都有起码的目的与意义，否则很难活下去。如一心理学家在监狱里试验：让犯人搬石头造房一年，他们显得有生气且健康；同样搬石头，只来回搬，则不健康，不到半年便倒下不少。

人生的价值和意义在心灵为自己设置矛盾，同矛盾搏斗，即建立矛盾又解决矛盾。

人生最大的不幸，不是穷贱甚至是吃不上饭，而是失去了人生目标、价值及意义，而这些不幸的人往往不是穷人，而是不愁衣食的人，甚至是富人贵人。

人生最值得骄傲的不是留下财富、功业，哪怕是善，而是留下精神，即用精神影响人。正如伏尔泰骨灰盒上写着他的诗句：“这里是我的心脏，但到处是我的精神。”

人生在衣食、健康无保障时为痛苦，有保障后为空虚，此时的小成小空虚，大成大空虚。

人生无非是几台戏，只有将悲剧当喜剧来演，演得轰轰烈烈才对。

人生重要的是：一点一滴的努力，一尺一寸的收获。因进步是一点一滴聚积而成的，光明是一线一线慢慢来的。

人生如走夜路，最易迷途最易失足。天亮时（老及事后）清清楚楚什么都明白可已经晚了，故其最重要的两点：一是顺其自然，二是当机立断。

拜金无罪，但对人生而言，金钱永远不是第一重要的，最重要的是灵魂，这个灵魂也许是真爱，也许是正义，也许是良心，否则拜金者必成兽且是怪兽。

人生不可能无抱怨，有抱怨才是尘世里的人。

好的人生，如同一轮朦胧的月，你只觉它美，却说不出美在哪里。

人生最重要的准则之一是：一种拿得起放得下坚忍不拔的人生状态。

人生的过程是一直走向死亡的过程，而人生的意义又都在由生到死的过程中。

对人生最重要的不是金钱、权力、知识、阅历、美丽，而是智慧，有了智慧才能更好地驾驭你的命运。人生如一艘在暗礁四伏波涛翻滚的海中行驶的船，无论船上货物（钱、权、物、名）有再多，如没有智慧保证行船安全，迟早要触礁，而且船上装的东西越多（即越重）越难灵活掉头即越易触礁。

不能量化的东西对人生最重要，空气、阳光、快乐、痛苦、爱情、幸福、觉悟、智慧，等等。

人，职业可退休，但人生及才智不能退休。

世界乃至人生的法则是反对奢侈，因万物的规则不过那么简单几条，宇宙原来也不过是微小点的集合，繁复深奥的太极里也只有黑白，追求所谓复杂即“三个意味”：意味我们的无知，意味我们的无智慧，意味我们的自寻烦恼。

幽默是应对不完满人生的最好办法。

人生最美好的事，是专注陶醉一件有意义的事而忘我。

钱不是人生目标，但许多愚者都将之当作目标。

人生无须太偏执，该转身时要转身，但要转得有风度。因人生既有执着之美，拼搏之美，也有转身之美。只有转身才有九曲十八弯的壮美及曲径通幽的曼妙。

人生，如能自由支配60%的时间，你就功业大焉、幸福大焉，尤其在你成功后。

从吃饱饭到给人留口饭，是人生的重大进步。因在不伤自己、不影响生存（而非多得少得问题）的前提下，多关注、成全、让利于处于困难中的人，于己于人都有益。

人生命运多舛、际遇无常，良辰美景、赏心乐事是可遇不可求的，即使有也是极少数的，但要知道且只有智者才能明白：只有活着才是最大的幸事。

生活的最可怕处是没有味道，这个味道不是浓味，而是人生百味。因人生是过程而不是目的，成功失败都是收获，酸甜苦辣都有营养，往往有苦味酸甜的生活，比一味或无味的生活要强一百倍。

人生是遗憾的艺术。

人生最不可缺的两大财富：好友与好书。正如古诗云：得好友来如对月，有奇书读胜观花。

人生就是不停地战斗。

人生待足何时足，未老得闲始是闲。

在不能拥有美好人生时，要能拥有美好人生观。

危机与无常是人生的常态。然而不懂哲理之人往往有这样的偏见或思维陷阱：认为健康、舒适、顺心的生活才是正常的，疾病、危机、无常离我们很远或是倒霉的。这是使人们陷入不幸的根本原因之一。

恋爱即热情。一旦理智下来了，思前虑后便不是恋爱了。哲学即热情，即追求人生或世界智慧的热情。故没有热情的人生是枯萎的，无精打采的，难怪有哲人云：热情是伟业之辅翼。

智慧是童心的守护神，凡童心不灭的人，必对人生有相当多的彻悟；凡为钱权终身奔忙的人，都是不得真正活过，没有工夫做自己喜欢的事。只有智者知道享受友情、爱情、亲情，陶醉大自然的快乐与享受，非追逐名利所能比。

成不值得傲，那只是人生一瞬；败不值得悔，那只是人生一憾。人生如一年四季，肯定会有狂风暴雨，但只有暴风雨才能一洗空气中尘埃。当空气中的尘埃被洗涤殆尽时，才是空气最清新，阳光最明媚的时候。

欲望等于欠缺，欲望等于痛苦，而满足欲望又会感到无聊，故人生如钟摆，永在痛苦与无聊（厌倦）之间摆动。

人生有三穷：用世颇殷（有卓才），乃穷于遇（机遇、平台）；待人颇恕（诚宽），乃穷于交；反身颇严（反省及严格要求自己），乃穷于行（无法按自己意愿生活）。

人生如鸡蛋，要么吃掉，要么孵化，要么变臭。

一直对发型不满意的人，其关键问题是不肯承认脸的问题。

人生境界的四阶段：聪明、智慧、天才、简单。聪明可训练，智慧通过历练、感悟；天才是本能；简单则是这三者的集中扼要体现及更高层次。

人生三个境界：初识世界，一切新的看山是山，看水是水；随年龄增长发现的问题越来越多，常颠倒黑白、混淆是非，看山不是山，故人是激愤的、不平的、忧虑的、疑问的、警惕的、复杂的；人不愿再轻易信什么，常牢骚满腹，看什么都想指责、叹息、骂娘，将人生主要精力用在争斗、升迁、发财上。一个人若停留在人生这一阶段，那就苦了这条性命，其必然这山望着那山高、争强好胜、与人比、与人争，天天在做人处事上绞尽脑汁、机关算尽，永无满足这一天。因这个世界永远是人外有人、天外有天，而人的生命短暂有限，哪能与无限和永恒计较呢？故世上绝大多数人到了第二境界，就到了终点：追求一生、劳碌一生、攀比一生、心高气傲一生，最后无论如何都不满足，只有抱恨一生。但也有极少数人能到第三即最高境界，觉悟人生、洞明世事，在物质基本能生存时便知足、知止、知退，做自己喜欢的事，处自己喜欢的人，想自己喜欢的问题，不与任何人计较。任你红尘滚滚，我自有清风明月，面对世上了了之事以不了了之；面对世上愁事、烦事、揪心事，以一笑了之。同时不刻意去做人，不精心去处世，以无事对有事，以自我对无我。

人生之大幸是千万人中遇到了你想要遇见的人，千万年中没早一步，也没晚一步，与自己心中从小塑造的爱人相遇。

人生观比人生重要，活法比活着重要。

知趣是礼貌，是修养，是智慧，也是保护自己的良方之一。

有首诗只一个字："网"。这网内网外，凝聚了多少作者的思考及人生的悲欢得失。

没经历过挫折的人生不完整，没经历过痛苦的人生不深刻。

人生只有两条路：要么赶紧死，要么精彩地活着。

人生如坐公交，行程有长有短，有座无座，有的上来就有座，有的直到下车也无座，有的等到座又到终点了，有的刚跑到车就开了，下一班又没停……

人生的许多事如种子，只有经过埋葬，才能有生机。

人生是用乘法计算的，如你自身是零，机遇再多也无意义。

人生如赛场，上半场比学历、权力、职位、业绩、收入，比上升；下半场比血压、尿酸、血糖、血脂，比下降。

停顿和空白，就是人生。如键盘上磨得最狠的就是空白键与回车键。

人生如戏，每个人都是主角。在如戏的人生里，为自己写好脚本的人，与庸庸碌碌，为了生存或升官发财的人比，有天壤之别。

轻松度日虽无忧无虑，但无法满足人们追求人生更高境界的目的或自我价值实现的需求。

人生的成功，除机遇、出身、天才外，对资质平庸的人，无非是能力+努力+态度。能力包括健康、知识、才能、智慧；努力的程度取决你是否有强烈的愿望；态度更重要，可以从负100分到正100分。

人生至重莫过"三健"：健壮的身体、健康的精神、健全的灵魂。健康的精神，来自于健壮的身体；健全的灵魂，来自于健康的精神。如身体健康欠佳的人，不仅会影响决策还会影响行动，因任何目标的实现都需过人的体力、耐力。

人生到头来会同你所预期的那样，故人生要从期待一个好结果开始。

人生不可追求完美，但做事可追求完美。人一旦将事追求完美当作习惯时，就变得轻松了。如发射卫星需极大能量，一旦到天上轨道时，不需多大能量就可不停运转了。

人间的很多事都是这样，离散了、走失了、错过了，便是长长的一生。

一生不舍的无非是这几样东西：至亲骨肉、三两知己、清茶一杯、好书几卷、趣事有暇有心去做，即读书、品茶、赏花、写作、弹琴、棋牌，再有亲人、友人、爱人相伴相守，令人羡慕的好人生也不过如此吧！

人生最可怕的是：在自己不可能从头开始的时候，却对自己一生感到后悔、不值得。

人生最重要的事情是成长而非成功。

人生既是零，又是全，是零和全的统一。用“全”否定“零”，以反抗虚无，又用“零”来反抗“全”，以约束贪欲。

人生最重要的是：在人生道路上不趋于低俗，在识见上不流于浅薄。

人生是一部书，只有将自己的目标定为经典，你才可能成为一部经典，至少是经典的一部分。

人生如草，活得就是“从容”二字。

谈判是妥协的艺术，任何单赢都不叫谈判，那是叫征服或战争，人生及社会的所有进步都是妥协促成的。

人生，其实就是两大斗争，一是与生存作斗争，二是与无聊作斗争。对现代人而言，与生存作斗争易，与无聊作斗争难。而与无聊作斗争的最好武器是“探究”，这是一种“活在当下”的姿态，是对抗麻木的最好武器。如对知识的探究，对大自然的探究，对万事万物的探究。

善良比聪明更难、更可贵，对人生的成败、幸福更重要。再之，聪明只是种天赋，而善良则是一种选择。天赋来得容易，而善良来得不容易。

富裕的都市，常是一张张紧张、愁苦、焦灼的脸，逐利人生及浮光掠影的浮躁，让人只会享受片刻身体满足及欢愉，丧失了心乐。

人生不过一杯水，杯子的华丽显示贫与富，但仅是容器而已；水清澈、无色无味，对任何都一样，加盐、糖、茶还是咖啡，是每个人生活的权利，全在你自己；在欲望驱使下会不停地加东西，但须适可而止（杯水的溶解能力有限），无论你加什么，变成什么味你都要自己喝。自己不停喝且要喝完，好喝时慢品，不好喝时也要捏鼻咽，许多人都想避开后者，但却总不自觉地添苦料（无故寻愁觅恨）。

人生最大的完美是追求这个世界完美，如同最高级的禅院不在山林间，在人间，即在每个心间。

有惊人的成绩及奋斗的心情，却无人夸耀，这是上苍对人最大的惩罚之一。因没分享的人生，本身就是一种惩罚。

人生有许多痛苦，但也有战胜痛苦的欢乐。

生死问题是人生最根本的问题，如古人言："死生亦大矣。"生死齐一、齐一生死，有着看透生死的勇气，就等于把人生中生死问题彻底解决了。

对人生而言，无论文韬武略，智慧最重要。你看那些武侠片，拿刀剑的打不过拿一拂尘的；拿武器的打不过没武器的。因境界越高，手中的兵器越会化为一种内在的力量，不是比拳脚而是比智慧了。故当你气定神闲、举重若轻时，你便有了担当、有了隐忍、有了做大事做大人的底蕴。

人生是不断选择的过程，现在的一切是过去不断选择的结果。

人生如已至悬崖，不如勒马看风景。

真正甜蜜的回忆，足以营养人一生。

人生的痛苦，有时不是自己遭遇的失败，而是他人无端的成功。

人生，重在过程，因你越拥有一个完满的过程，你越有可能拥有一个完满的结局。如同你能过好生命的每一天，明天就会不错；如生活非常功利的话，反得不到想要的结果。

当今，许多意义已从许多人的人生菜盘上消失了，盘里只剩一块肉（物质成功），生死之间只是腐烂的过程和对保鲜的追逐。虚无的人生仿佛是通向颓废的单行道，上无意义，下无逃路，堕落尤其是精神堕落便成为自然结局或唯一出口。

人生的重要区别在知道为什么活或为什么死，前者将满腹才情化作雕虫小技；后者将雕虫小技化作伟大的宣言。如屈原式的投江、岳飞式的赴汤蹈火、辛弃疾式的绝望、文天祥式的视死如归、史可法式的城亡与亡、杨靖宇式的肝脑涂地，这些被视为“历史傻瓜”的人，与那些“历史聪明人”间隔着一样东西，即活着的意义，即不是知道为什么而活，而是知道为什么而死，也即能看到生与死的伟大边界。

那些困扰人生的梦想，其实只是烦恼，使我们不屑于生活的每时每刻，如同许多渴求永恒的人却不知一个星期天雨后的下午如何快乐自处。

人的一生只要有够用的财富，就该去追求其他与财富无关的重要的东西：感情、艺术、儿时理想……无休止地追求财富（权力）的弊端，是让人变得贪婪、更无趣，而成一个变态的怪物。因上帝造人时，给人丰富的感官，就是让你去感受所有人心底的爱，而非财权带来的虚幻。

人真正的财富，是记忆中沉淀下来的无邪感动。

一个人，他经历的苦难和对人生的咀嚼、透悟、思考，还有对是非势利世界的看法，累加到一定程度、深度就够了，自然会显出生命的宽容、从容、淡定及见识、智慧，乃至高贵。

人生生活的能力，就是取舍与过渡的能力。

什么都想要，是人生最大的麻烦，最大的痛苦。

每个人的人生无非都是芝麻人生：地球在宇宙中如一小芝麻，人在地球中如一小芝麻。即使那些大亨、大官、明星，哪一个不是芝麻人生呢？虽在造物主眼里是个芝麻，但这个渺小的生命又是一个人的全部。最好的生命哲学是“采蜂哲学”：蜂样的辛勤、蜂样的快乐、蜂样的创造（酿蜜）、蜂样地在花丛中飞舞（诗意栖居）。无论物质生活、精神生活、情感生活，只要那一点点精华，即只美丽的、最甜的、最诗意的、最适合我的。活着，就是享受这些感觉；死去，就是告别这些感觉。

人生的痛苦是常态，也是常数（定量的如一把盐，撒在杯里苦涩，撒在大海大湖里清凉），就看你容积（心胸）大小了。

## 关于人生的智慧

生病是生与死间的一种微词，让人懂得生死的意义及懂得珍惜健康。

林中的路分两条，智者会选择人迹最少的一条，由此决定了他不一样的人生。

意志，永远欲求不满，永远挣扎其中，没有一个最后目的。

谨慎低调是部厚重的人生哲学，对权贵成功者尤其有用，而卑贱者反倒要张扬个性。

无私才能长久，才能善终，才能受拥戴，正如天地不是为己而生，不仅能永恒且万物离不开（依恋依靠它）。

40 岁前学儒，40 岁后学道，不仅是从出世、入世的角度说这两点，更要从以下几个方面：1. 从道的角度看问题，如无为而无不为；2. 道是整体，即从总体（综合）的角度衡量人生，再之在整体之中很易孕育一种审美的眼光；3. 顺，不仅顺天、顺事还要顺人（为而不争），做到“顺人不失己，外化而内不化”；4. 依天道而应人道，了解了宇宙人生的变化之后，可顺势而行，趋吉避凶，致身修德。

人在衣食基本饱暖之后重要的是平安，这个平安不仅仅是指不出祸事，而包括家安、子安、身安（无病）、神安、心安。尤其是心安，因此心安处是吾乡。

在这个高度竞争的社会，对人生重要的不是速度、捷径、一蹴而就，而是要慢、要低、要软。因为慢，心才得以饱满与从容；因为低，心才得以丰饶和深沉；因为软，心才得以柔美及慈悲。

人在职场尽量少说话，“口水多于茶水”永是人生大忌，这是刚入职场人最易犯的错误，要知“聪明人借助经验说话，更聪明人借助经验不说话”，要学会用降低自己的方式来抬高自己，但要真诚不单纯、精明不狡诈。

听话并非好孩子。

少年得志人生之大不幸也。历史表明：一个 20 岁就名利双收的人绝大部分会半途而废。

想抹黑别人首先染黑的是自己的手。

迫使别人怕你，就别想得到别人的尊重。

在与人尤其是与敌竞争中，要赢就要赢得彻底，如此对方才不会心有不甘。令对方出丑的险胜、微妙的令人遗恨的赢法，即使侥幸也会遭反扑。

付出一点就想马上有回报的人，适合做钟点工；耐心按月拿回报的人，适合做工薪族；耐心按年拿回报的人，是职业经纪人；耐心等 3—5 年拿回报的人，是投资家；耐心等 10—20 年拿回报的人，是企业家；耐心等 50—100 年拿回报的人，是教育家；耐心等 300 年拿回报的人，是伟人。

储备才华是对付困难的最好办法。

有选择地接受忠告，才是对我们人生最有用的忠告，因为有的忠告只适应于一个时代，只适应于一个阶层，只适应于一类人群。

当所有人都低调时，你可选择高调，但不能跑调。

懒惰像生锈一样更侵蚀、消耗你的身体。

你可以与全世界为敌，但千万不要与自己为敌。

不要因为错过太阳而哭泣，如此还可能会错过月亮与星星，其实就这么简单。

用眼看世界，世界很小；用心看世界，世界很大。心有多大，世界就有多大。

好运总是反复无常的，当你贪心不足，想用之谋取更大利益之时就是走向反面之时。

你所不知的就是命运，但有一个定律：不忍割舍“小”时，一定会丢大。

登山登到8000米以上，一点点欲望杂念，都导致你大口喘气或粉身碎骨。故人到高处就不应再有欲望杂念，要么专心攀登，要么赶快下山。

对环境的不满，必导致人的吹毛求疵；对环境有享受之心时，就会看到许多有趣的东西、美的东西、令人感动的东西。

只有心中有爱的人，才能真正学会处处感恩。

只要你有一颗诗意慈爱的心，哪里没有动人的风景？

求教是一时的羞耻，不向人求教是一生的羞耻，因你一生无知。

要用你的笑容去改变世界，别让世界用笑容改变你。

把简单的事情一直做好，就是不简单。

什么是慈悲力？慈是给予快乐的能力，悲是拔除痛苦的能力即给自己快乐的能力。

知谋事在人，故要奋斗精进；知成事在天，故要从容淡定。凡事不强求，但不是不努力。

于幸福处求淡定，在悲凉处求欢喜。

未来是每个当下的积累，错过了当下，人生便形同虚设了；错过了当下，就错过了一生。“满月山河空念远，大智方惜眼前分”。

浮华过后的朴素才是真朴素，之前的、不能尝到甘甜的朴素就有“酸葡萄”之嫌。

人生如口渴：水在结冰下饮不了，沸时饮不了。故人生没有痛不欲生，也没有得意忘形，不纠结在成功或失败里面，好好活在当下，才是最宝贵、最智慧的。

修合虽无人见，存心自有天知。

不要企图得到别人的帮助，任何人都不欠你的。在人生中应尽量帮人，但不能有丝丝依靠别人的想法，别人不可能向你提供免费午餐。

深水无波，但表面需汹涌澎湃，保持不成死水，它的深水才能在不腐的情况下平静。人亦如此，再忙碌也要内心平静，而这个静，一指安静，二指少欲。

善者一个最大的特征是过世时十分安详，不受痛苦折磨，即能得善终。

风光背后，不是沧桑就是硬扛。

挫折经历得太少的人，才会把一切琐屑的事情看得很重要。

读些无用的书，做些无用的事，花些无用的时间，都是为了在一切已知之外，保留一个超越自己的机会。

不要惧怕失败，因失败是人生常态。

独处就是思考世界。

悲壮与悲惨的区别：从大悲中能走出就是悲壮，从大悲中走不出就是悲惨。

得不到你想要的东西，你会失望；得到了你想要的东西，你会绝望。不仅有不过如此之感（付出与得到之间存在如此大的落差）而且还没了希望。

世事皆是“双刃剑”，上帝给我们痛苦经历时，必有份独特的生活感受在等待我们去发现。

对什么都看不顺眼的人，疲劳的不仅仅是眼睛。

只刚必折，只柔必懦。

听不到奉承，是种幸运；听不到批评，是种危险。

人生所有事情上的成功只有两件事：策略及坚持。

对于斧头的劈砍，檀香木回报的，依然是芬芳。

欲望是个有破洞的口袋，永远难以填满它。

爱情线、事业线、生命线为什么都在手上，即这些由你如何动手去做决定的。

大其心，容天下之物；虚其心，爱天下之善；丰其心，论天下之事。

赞扬有时是告诉你能干什么，牢骚有时是告诉你不能干什么。

为了结果去做事就成小人了，因结果即利，只有君子、智者才去做无利且有意义的事。处处只想结果只为结果做事，不仅少了过程之乐，也很悲哀，因为人的结果只有一个“死亡”，树的结果也只有一个“被砍”。

不能做到入境问俗者，必挫折连连，备受打击。

没有人是不可代替的，没有东西是必然拥有的。明此理时，当将来身边的人不再要你，或失去了你认为珍贵的东西时，就会明白：这没什么了不起，是人生正常的事。

拥有的多，不一定让人满足；拥有的少，不一定让人贫乏。

世上没绝对的好与坏，只要心志改变，环境也随之改变。

滑雪时悟出的道理：不怕摔，该摔倒时就摔倒，同时也注重避免被人撞倒，这既能避伤痛，又能提高滑行速度。人生亦如此，不要怕摔，遇强避开。

“我恨不得有一艘大船，尽载家乡与世界一切众生到太平的地方。”这是丰子恺的大乘情怀。

一切在己，如你不是阳光，谁来为你微笑。

打倒一个人，你前方不是多了一块垫脚石，而是绊脚石。反之，成就一个人，不是多了一个对手，而是多了一架梯子。

从蜡烛的角度看，人间的光明无非是泪水与痛苦的化合物。

低声，并不下气；趾高，气便难扬。

自私与自大源于视野的狭窄，自强与自信源于胸襟的开阔。

乐观者在灾祸中看到机会，悲观者在机会中看到灾祸。

喜时勿诺，忧时勿答，怒时勿决。

世上有两样东西不可直视：太阳、人心。

善心始于内心的不安。

远见对人固然很重要，但比远见更重要的是行动。

命运可以坎坷，梦想不能搁浅。

痛苦与美好，纠结与坦荡，顺境与逆境，福与祸，历来都是共存的。正如暴雨与彩虹、晴天与阴天都共存于一个天空中。

不幸如同一把刀：可伤人又可为人们所用，就看你握的是刀刃还是刀柄。

残缺、挫难都不可怕，可怕的是不能正视现实。

归宿只存在于追求过程之中。

烦恼给了我们寻找自己缺点的机会。为什么雄鹰练飞时总顺风而飞，而遇到危险时会掉头逆风而飞（反而飞得更高），这如同我们人生想“飞”得高一样，也需要逆境。

只有理解世界才能更深地去感受世界。

抚平心灵的皱纹，便会青春永驻。

缺什么，便爱什么，在意什么，敏感什么，追求什么。

成长重于成功，因成功是成长的副产品。成长的内容很多，主要是今日之我优于昨日之我，但还有很多内容，如一是有些东西得到了，收获了，而有些东西却失去了。如得到了成功、成熟，失去了青春、健康、朝气、锐气。二是想要的东西没得到，不想失去的却失去了。三是发现原来好多好多想得到的东西突然离我们很遥远，许多不想要的东西却不断到来，如衰老、遗憾、失望。而成长最重要的一点是：受挫之后的最高境界不是遗忘伤口，重新起程，或是转为动力向上，而是能从中成长起来，淬出一颗对他人、对生命更火热的心。

疼痛的存在恰是一个人的幸运，它能阻止我们更大的伤痛，如肝肺的癌为什么更致命，其无或少痛觉神经，等感到疼时已扩散到周边。人生亦如此，多些伤痛可减少更大的伤痛。

意志达到其目的满足是转瞬即逝的，因每次满足都是一个新的欲求的出发点。由于意志的追求无止境，由此就会充满矛盾，充满斗争，而产生无尽的痛苦。

诽者、背后语人非，等于毁了三个人：说者（露出小人本色），听者（与小人一起的是准小人），被诽（非）者（被伤害的人）。

大自然的一切都是属于你的，小如花草清风，大到山河大地，只要你有欣赏的心；但反之一切又不是属于你的，包括你的肉体。

在这个怀疑的时代，我们依然需要信仰。

伤痕是有价值的，如樵夫深知：斧刃最难进入的树干处，是被折或伤过的地方。

心累，常因举棋不定；困惑，常因悲观、消极，看物不能自拔；不快乐，不是拥有太少，而是欲望太多。

在高峰时微笑，在低峰时准备大笑。如丘吉尔在第二次世界大战最灰暗的日子里订花预备庆胜利，大拢军心民心；又如曹操在赤壁大败后的三次大笑。

诱惑是个旋转门，总在给我们制造各种入口。

上帝可关上窗口，但你可敲碎窗玻璃。

冒险，可能会让你失去安全；不冒险，可能会让你失去自己。

成长就是不断寻找妥协点。

知足常足，终身不辱；知止常止，终身不耻。

闲者便是主人，知足便是富人。

超越自己的奇迹，多是在对逆境的征服中出现的。

凡是不能杀死你的，最终可让你更强。

许多人幸福指数低，备受精神折磨的原因，都是“如果思维”（如果我抓住机会、如果不那样……）作祟，即将心灵浸泡在后悔和遗恨的苦水中，而非物质上的贫乏，境遇上的不佳。因懊悔像一剂慢性毒药，在无休止地磨灭你的幸福及意志。

只有明白了幸福与苦难相对的人，快乐才不会忘形，痛苦也不会失意。成功的人生不是丰功权财职位，而是关注内心感受，做自己喜欢做的事，获得我们内心需要的东西。

人生的智慧之一是生气慢半拍。剪不断理还乱之事我们可不剪不理。或先澄心滤心，使心不乱。

能够做到“先天下之忧者”，必能免忧；能够做到“后天下之乐者”，必能长乐。

成功不值傲，那只不过是走对了一段人生路；失败不值悔，那只不过是人生走错的一段路，更非末路。

理想就是那些让你怦然心动的事。

被梦想俘虏的人，就是在追逐自己的厄运。

痛苦的本质是困乏、缺陷和保存生命的忧虑。

意志（欲望）是对自己的肯定。表现为每个人想拥有一切、控制一切，凡抗拒他的，都想加以消灭，不惜为更长久地保存自己而毁灭整个世界。故必须对自己的意志（欲望）进行否定，才能从生命的痛苦里解脱出来。

魅力是一种能唤起爱慕与钦佩的品质或特征，是种吸引力，一种能给人舒适快乐的力量。

平等是解放了双方。

真诚是人能保持的最高尚的东西。

知性也是热情。

只有当你意识到自己拥有太阳时，才不会畏惧黑暗。

知识就是力量，智慧是更大的力量，思想是最大的力量。

素质的成功是人最大的成功，只有那些素质至高无上的人，才会在陷入无边的深渊中，时时听到爱的颤音。

真理，总是苟活的。人的福祉，源于人的慧根；人的慧根，又源于虚静的心灵。故庄子将杂念丛生之心称为“有蓬之心”：人淡泊了，心才有余闲；有余闲，才天机醇厚，心胸畅达。

痛是身体上感觉，苦是心上感觉。

没有大格局（海纳百川的心胸），就没有大未来。

神经应坚强，但心肠千万不可变硬。

入世是基本状态，是每个人都要面对的，最好还要有出世的心态，即站在宇宙这个大背景下去审视人生的得失、世俗的沉浮。

不刻意而高，无江海而闲。

极端后的中庸才是一种丰富和深度，开始就中庸则贫乏、单薄。

不张扬，是一种很高的境界。

道德取舍是个人的事，不一定由逻辑来管辖。

与成熟相伴的往往是贫乏、屈服、迟钝、顺从命运的表面化或理性化。

之所以我们抬头看到的是巨人，是因为我们跪着。

你为了什么去苦苦挣扎，你的本质就是什么。

没有容器能盛得下满溢的话语，却有人能推倒你骄傲的心墙。

富在知足，贵在人敬。

谦卑其实是一种经过掩饰后出现的品格，虽然不算太好，但却是压抑个性发展的隐性杀手。

欲望总喜欢走猫步。

命运最不可思议的特点是纯粹的偶然性，及其他对个体不可违抗的必然性。再之，人生中一个极微小的差异或变化，都能会导致天壤之别的不同命运。

大善易失言，大怒易失礼，大惊易失态，大哀易失颜，大乐易失察，大惧易失节，大恩易失爱，大醉易失德，大话易失信，大欲易失命。故大了对什么都不好，当然还包括大官、大财、大名。

感恩是有德的第一表现。

诚信不仅是一个人博弈社会的资本，更是一种道德操守及做人的美好境界。

希望是最深沉的快乐。

不能成为自己的主人的人，永远成不了事业的主人。

认识你自己，这是天下最大、最难、最重的问题。

仁是人心侥幸处，不仁方是天地真情，但能克不仁是大人。

命，是上天的口令；运，是你自己的行走方式。

选择即痛苦。

地低是海，人低是王。

世界以痛吻我，我将报之以歌。

气量决定身心，身心决定眼界，眼界决定事业。如古人云：“布衣暖，暖的是一种心境；菜根香，香的是一种胸襟。”因心境平和之人定是幸福之人，胸襟豁达之人，必是快乐之人。

君子之心常泰，小人之心常劳。

笑乃人生之精髓。

对用智慧擦亮了人的眼睛的人而言，一草一木皆神明，皆佛灵，皆风景。

以有为之人，逢有为之时，站（占）有为之地。这三个坐标交会一点才能成一代天骄。

## 关于人性

人性的一个弱点是短视，只顾眼前功利，急功近利。

嫌人老（穷）、妒人富是人性。

任何人、任何社会如果意图否定人性而生活，会不可避免地堕落、落后。

人之原欲包括食欲、知欲、性欲，是生命之原动力。

受尊重，是人类天性中最强烈的冲动和欲望，或说在人类的天性中，除食欲外最强烈的冲动和欲望就是得到别人的重视。

《甄嬛传》后妃的争斗，从功利的角度衡量有输有赢，从人性的角度衡量都败得淋漓尽致。在这场一个成功男人与无数美貌女子的情感游戏中，是玩弄与被玩弄的关系，即使费尽千辛万苦胜出，也无幸福可言。

生气是人的本性，不生气是人的本事。

自私是渺小的代名词，你几时超脱了自私，你几时就超脱了渺小。

同情是人类最好的品质，但先入为主的悲情是需要我们共同警惕的。再之，悲情、苦大仇深的心情基本是自我感动，而自我感动取之便捷、易于上瘾。

了解人内心的情感、性格比看人表面言行更重要。如被死后的美洲响尾蛇咬死的人占被此蛇咬死的人的大半，即使头被切下一个小时内仍能做出强力扑咬动作。

人的劣根性之一是不去欣赏、感恩、珍惜自己拥有的东西，却对得不到的东西念念不忘。

小人物不趋时、不近利、不怕辛苦，只怕欺心。轻贱者往往重品，位卑者往往德高。

为什么金字塔前设狮身人面像，即人与兽是交触的、交缠的，将我们对人性的一切反省说尽，人之能力，就在这理性与兽性的挣扎和交战中产生，也象征着人的本能正在努力超脱又不能摆脱其动物的一面，正如同古文明中国的人首蛇身像。

懂人性的人，虽然在读书、长相、出身、能力、机遇等都不是最好的，但比以上五者最好的都更易成功。

人性中都有兽性与神性即恶与善，就看环境对之激活了什么。

人之本性：姑娘从来都真心诚意地喜欢成功的男人；男人从来都真心诚意地喜欢美丽的女人。

人性是在意满足于荣耀的桂冠，但没几个人知道，无论多成功、多有素质，如不谦虚自省、坚持学习，就会失去原有的一切。

日本出现了“奉承屋”即以拍马屁为生的职业，且生意兴隆，这说明人们内心深处，对自我价值的关注及喜奉承（自恋）的劣根性。故聪明的人际关系大师卡耐基的墓志铭就是：“这里躺着一个人，他懂得如何让比他聪明的人更开心。”

凡有利益的地方就有纷争。

在利益面前，要保持忠诚、友善是很难的。

人性能原谅我们讨厌的人，不能原谅讨厌我们的人。

人性像钟摆。常在或须在三个方面来回摆动：痛苦与厌倦间，闹市与乡野间，欲望与满足间。

一个人不怕粗俗，只要承认粗俗，别人就能理解他，原谅他，人性就这样。

人的劣根性之一是：不了解自己，却又每天去抱怨及干涉别人。

人性对租来的东西细心，自己的非租来的尤其是占有、得到的东西粗心。

人性的本质，心灵的根系，情感的标志，都应是善。

人性的进化是很慢的。

人性向舒适。

人性最深刻的表现或原则就是希望别人对自己加以欣赏及鼓励。

在职怨职、在家怨家、在爱怨爱、在筵怨筵、在富怨富、在穷怨穷，都是人性。

多情必然寡情，任性必然失性。

青春正好，风头正健，机遇很美的人，很难听进逆耳之言或忠告，即使聪慧之人也难脱此人生劣根性。

## 关于做人

做人要怀一颗孔子心（入世、进取“三不朽”），染一身庄子气（出世、淡薄、顺天）；在天做飞燕（代表庄子气），落地做麻雀（孔子的务实、生存）。以收放自如，高下皆宜，既如君子般的自强坦荡，又如隐士般自在逍遥。

什么都想要的人，肯定什么都得不到。因得到想要的，肯定也要失去你不想失去的，如闲暇、健康、金钱、人格、心情等。

做事不是只为终点与掌声，而是做的时候的享受与宁静。

做人就要做个不知天高地厚而想知天高地厚的人。

有形的地方只是为实现目的而设置的便利而已，真正起作用的是空，如房、罐、车轮中的空才是其真正价值所在。故处事要善于处理好空、实，有、无的关系。

要做个既没有朋友又没敌人的人。没有朋友，是我不愿做俗人的朋友；没有敌人，是俗人不配做我的敌人。

皇（清雍正）帝13子被囚禁13年，在暗处看清了局中人的种种昏头之处，对大本之源之事有了冷静、深透的觉悟，面对怎样做人、做官、处事等人生基本问题有了鲜明的答案，从而掌握了人生的指南和舵把，即使平步青云、大权在握、权倾朝野也不迷心窍、惑失方向，始终做个老老实实、精明能干的皇上所需的贤臣、能臣。

给人留路的人自己才有路，永远不要将人逼绝了。

做一个错误世界里正确的人。

做人做事不要对不起任何人，有错定要坦诚承认，否则即使逃过了外界的惩罚，也逃不过内心的惩罚，且有一天上苍会在别的事上报复你。

做人当做仙人掌，不要花瓶、花盆等装饰性的东西，不需更多的肥料（财富），只需一点点阳光、一点点水，一丝清净的呼吸，就能开出一个属于自己的小宇宙。

从一个人对人对事的看法中，可知他是君子还是小人，君子之见无不善，小人之见无不恶。

真性情即敢爱敢恨敢言，一片童真不在意输赢。

人，只有过了欲求旺盛阶段才会很安分地做自己，不去跟风模仿别人、重复别人。

交友须带三分侠气，做人要存一点素心。

做人时小毛病要比大毛病难治，如同吃鱼时小刺要比大刺麻烦，虽然有小刺的鱼都特鲜美，但许多人因之不吃。如同那些有小毛病不拘小节的人一样，虽然有许多才华甚至很有才华及特殊才能，但因被人讨厌这些小毛病而不被用。

性格决定命运有时不绝对，如东汉时耿直的郅恽不让夜归的汉武帝进城得赏，劝王莽退位得诛（遇大赦方保命）。因此说并非每种性格都预示绝对的命运，还由部分外境决定，故我们要做的，除了尽人事的无悔，还要有听天命的自然。

只要你超群出众，必会受到批评，故还是及早习惯为好。

一个人的成长，与其说是看到更多刻薄人性，不如说是时光逼着你不得不学会处理痛苦、找寻快乐。

不要做消耗别人的人，也要远离消耗你的人，要做个心无旁骛、只知进取，成长、快乐、善良的人。

你无法唤醒装睡的人，但你可做一个混浊世界中清醒的人。

站得越高，做（做人做事）得越好。

做人当如海：包容、共生、深刻、激情、变化、厚重、谦低、无止境。

做人的高境界之一是惠而不费、泰而不骄、为而不争。

做人当学茶，融于水而改变水，还变成水中的美及美味。

做人要重虚空，也即佛教上讲的“空杯心态”，就是“清空杯子，沏杯新茶”，因人大多盲目、自大、自满，使自己不能接受新思想、新事物，也没办法得到新知识的沐浴。

做人，一味低调一味张扬都不行。低调有低调的境界，张扬有张扬的本事，始终的不卑不亢则把境界与本事“融”在一起，使人有了不起的从容。

内省是做人的责任，没内省力的人不配做人，正如苏格拉底所言，

“一个没有检视的生命是不值得活的”。

狗的生活有保证，但毕竟是狗：任喂食、踢打、听话、愚忠、委曲求全（活）是狗的标志。做狗样的人虽不幸，还是有挣脱的希望，最可怕的是从狗（奴隶）的生活中寻出美来，为之得意、陶醉、赞叹，那就成了万劫不复的狗犬（奴才）了。

做人要重善终，做事要重最后一刻。化学实验中表明：99% 的成功还是因为最后 1% 的失误而全盘失败，尤其在最后阶段。

做人要少与人为壑，多乐人乐己。如布袋和尚诗：“一钵千家饭，孤身万里游。睹人青眼少，问路白云头。”

练书（法）如做人：初学者讲平直规矩，多从正楷开始，重在讲规矩、平直；之后才开始变体，学放松学行书（如人生的洒脱、随意、变化）；再后才能学草书（如人生的狂放、张扬个性、随心所欲不逾矩），才能拓展个性、随心所欲自成一家，得艺术及生命的大写意。

做人要学庄子的万物情趣化、生命艺术化、分秒黄金化。他的“濠濮问想”属隐形文化，魅力恰在能超越物象行迹，不受时空限制，他将整个人生艺术化，使自己的生活充满了情趣，向内蕴蓄了自己的一往情深，向外发现了自己的无穷乐趣，使山水虚灵化了、情致化了，从而能以闲适、恬淡的感情与知觉对游鱼做出美的观照。

做人当如林觉民：意志如钢、亲情似水。

做人的智慧之一是要在场中央角逐，不要等被逼到角落时快被逐出场时才来想办法，那已没有多少余地了。可人的愚昧及惰性就是认为身后余地多，不能及时警醒。

做人要如水：你高我便去，不掩你优长；你低我便来，不露你的浅缺；你动我便行，不留下你的孤单；你静我便守，不打扰你的安宁；你热我便沸，不妨碍你的热情；你冷我便凝，不漠视你的寒冷。

面对阳光，阴影会在你背后；背对阳光，阴影便在你面前。故做人要时时面对阳光，即做个阳光之人。

做人不要怕问题，老问题前人已解决，不成问题。新问题包括前人没解决的，如果你去探索，你就是先驱（解决不了的情况下），解决了你就是英雄。

做人要学沙漠上的胡杨之树：活着不死1000年，死了不倒1000年，倒了不烂1000年。只有走过罗布泊（经历过死亡）的人才能真正感觉到生命的可贵、生活的可爱，人与人之间真诚的友谊值得珍贵。

做人当学云：动眼看则动，静眼看则静。即动中有静，静中有动；在晴天悠闲，在阴天凝重，在雨天沉郁；无私无欲，无阻滞无执着；瞬间万变，刹那永恒；似有还无，似是而非；流畅自然，聚散随境（缘）。故古人云：有木石心，具云水趣。

做人：身要稳重，心要光明，量要阔大，事要妥当，意要闲定，色要温雅，语要简练，志要果毅，机要缜密，气要平和。

做人成熟的最高境界之一：笑看沉浮。

最有利于自身发展的做人原则：谦卑地出类拔萃。谦卑不仅是帮你最后到达出类拔萃的桥梁，而且不需要以出类拔萃为代价。

一曲难称万人心，顺得哥情失嫂意。故做人不能求大家喜欢，包括创作，“雅俗共赏”是不可能的，因甘蔗没有两头甜。

信任可出奇迹：唐太宗允许390名死囚犯回家同亲人团聚几个月，来年九月初四自行返狱，结果一个不少（一个因重病雇牛车晚到了一个时辰），太宗受感动全赦。

得朋友需一生努力，伤朋友则只需一句话的失误。

做人的美妙，在于不断突发奇想。没突发奇想，一生立足于上班下班、应酬娱乐、挣钱花钱的人，他的一生定是庸俗的，无论他多成功。

高高在上的人，往往易被蒙蔽，如皇帝的新装。

做人不但要有目标，而且要有较高的目标，因对目标而言，求高得中，求中得高。

人，要相信自己，一切要靠自己，不能依赖别人。

人的真正层次并非由钱权名决定。因最低层次给人以刺激（感官方面即物质带来的）；第二层次给人以休闲，能60%以上支配你生活必需时间以外的时间；第三层次给人以情趣；第四层次给人以知识；第五层次给人以思想；第六层次即最高层次给人以美感。即在有知识、有情趣、有思想之上，过上一种唯美生活、让自己诗意地栖居的人，才是做人的最高层次。

愈觉自己渺小的人，越能发现别人的伟大。

说话前你是话的主人，说话后你是话的仆人，故人要慎言。

与其给人施舍让人觉得自己好，不如让他觉得这个世界很美好，给钱给物不如给人站起来的信心与力量。

别人帮你，那是情分；别人不帮你，那是本分。

是否容得下人，是你的气度；能不能让人容得下你，是你的本事。

做人要做智力贵族：见识、知识、阅历、深刻、专业、博学、个性的思想及价值观。

无论你为别人做了多少，永远不要以为自己做得足够多；有时你给别人的是一杯水，别人回报你的是一条河，只不过河水藏在地下而已。

“暗时间”决定一个人的深度、未来及幸福指数，其指思维时间。衡量一个人多大了，不能用岁月，应用“暗时间”。而“暗时间”的前提是“八小时外”的业余时间如何用，只有用在读书即文明其精神上才能有更长的“暗时间”。

世人皆捧、历史吹捧了几千年的诸葛亮，实际是蜀国的葬送者。是他为自保自私而六出祁山一兵一武使蜀国衰败，又加上将军政权分开使其死后没战斗力，加之不会用人。诸葛亮为何败蜀还受后人膜拜？因统治者需一个忠心耿耿的楷模，读书人需要一个待价而沽的榜样，双方都需要一段君臣际遇的美谈。

文人才子自古不惹统治者喜欢，如孟浩然一句“不才明主弃，多病故人疏”惹皇上不悦只好当一辈子农民；柳永的“忍把浮名，换了浅斟低唱”仁宗批“且去浅酌填词”；苏轼也是满肚皮“不合时宜”，如人遇雨不堪时他却“莫听穿林打叶声，何妨吟啸且徐行。竹杖芒鞋轻胜马，谁怕？一蓑烟雨任平生”，且“也无风雨也无晴”。别人尤其是上级怎能容得下他的与众不同？

意倦需还，身闲贵早。

做生意要有通用的度量衡，做人要有通用的标准，不能特立独行，要有个性（做人最怕没个性），但又不能处处表现个性，尤其不能张扬个性。最好是“顺人不失己，外化内不化”，“为人着想做事，不失个性做人”。

针与线应是男人与女人的缩影或分别学习的对象。针，刚硬、冲锋、耿直；线，柔韧、绵软、缠绕、温顺，拉拽都不埋怨。针，进退自如，不会迷失；线，交错缠绕，剪不断、理还乱。针，不怕线长，针眼里装着对线的期待；线，再长也有头，心头装满对针的深情。针，在困难面前不服软，清贫的日子不耍横；针，很低调，在衣上从不留下自己的影子，而线却留下五颜六色的炫耀。两者在一起，缝补的是衣物，充实的是生活，缠绕的是生命。

做人，虽不能有非分之想，但属于你的也一定要坚持，不要轻易放弃。因轻易放弃了拥有，永远也干不成大事。一个公司通过实习时少给一个月工资来考验人这一点，结果许多人因此败北。

你可选择做官，但不能通过做官来挣钱；你可以选择做圣人，也可以选择做俗人，但不能选择让人家像圣人一样敬你，俗人一样宠你。

做人的极致是高潮后的平淡，富贵后的清贫，纷繁后的简约。

行止无愧天地，褒贬自有春秋。

做人心胸宜宽，做事眼光宜远。

做人要学水之四高境：不污，不形，不灭，不停。

做人可精于计算，但不能损人。如有客人求齐白石画发财图（只求其画算盘），因其“欲人钱财而不施危险，乃仁具耳”（客人走后齐又自画一幅为家藏）。

做人不仅要逞一时之快（聪明人的专利），更要逞一时之慢，不仅慢工出细活，而且慢生活、慢工作、慢之积累（只要不懈）。十年磨一剑，更是现代社会的稀缺品。

恰好和本然是作文及做人的最高境。如《菜根谭》云："文章做到极处，无有它奇，只是恰好；人品做到极处，无有它异，只是本然。"

善举是人最大的保障，如春秋战国时的赵盾给一饿人肉吃，而在晋灵公派军队刺杀赵盾时倒戈救他。故《吕氏春秋》感叹："对一个人的善举就能保全性命，对千万人的善举就会筑一道道安宁的屏障。"

真正的天下无敌，是让天下人都成为你的朋友，成为你的追随者，届时自然能打败敌人了。

一个人，要拒绝利益诱惑，要么有实力，要么有底气。有实力是因为觉得这一切完全唾手可得，何必摧眉折腰事权贵，使我不得开心颜？有底气，是因你有自己的尊严，即使现在不可得，相信将来必可得。

小处求助，是沟通人际尤其是陌生人的一种妙法，其满足了人天生的自大心理。

真正的爱护并不张扬。如陈寅恪帮人从不外说只是私下写信。

我很欣赏一个朋友的一句话："我不是个好人，但是没有时间做坏事，因我的时间都花在思考、写作、运动、读书、娱乐、流连大自然六件事上了。"

做人做事的两大准则：专注于要做的事，把事情做彻底。

施予者的注视，会让承受者失去坦然的心情，再之，一个人如果将自己对别人的好处忘掉，恩德自会走进别人心里。

一个人如无特长，就要有特别。与其做一个平庸的凡人，过一辈子凡俗生活，终身默默无闻，不如做个特别的人即与众不同的人。哪怕让人议、让人骂、让人恨，当然是以不做坏事为前提。

韩非子在《危身者十五事》中，其重要的有一件是管好嘴巴。故做人要防祸从口出，尤其是不诈人、不议人、不诽人。

卫青功高为何不震主，且能得善终？尤其是汉武帝对下很严，杀了很多功臣，这与他谨小慎微、凡事请示有关。

世上只有卑微的态度，没有卑微的工作。视工作卑微的人将永远卑微，从凡俗不起眼工作中得乐趣的人，怀感恩心的人定不卑微。如一大学校长见学校清洁工边扫地边唱，满脸幸福的样子，问之为什么，其答道：“工作虽低微，但人不卑微，它给我带来生活保证，让我有温暖的家，我充满感激，我十分尊重它。”校长感慨万千地说：“你将来不管做什么，都将会出人头地。”二十年后他果然成了享誉世界的恐怖小说大王。

人要养成“四不”“四多”的心态，才有利于成功与幸福：不批评，不抱怨，不指责，不懈怠；多鼓励，多赞美，多表扬，多感恩。

当你想批评别人的时候，定要咬住舌头；当你想赞美别人的时候，定要加大声音。

信念是人类一种神奇的态度。

只要你选择了，就永不要在乎是否正确，以及别人会怎么说。

成熟与年龄无关，就看能否站在对方角度考虑问题。

和优秀的人共事很简单，告诉他做什么事、要什么效果即好。

与人打交道，要时时说不知道，正如苏格拉底说：“我唯一知道的就是一无所知。”如说知道了别人不说了，你不能长进了，且有不谦虚之嫌，还断了别人的表现欲。

人表现得得意时，四面八方都会妒忌打击你，故此时定要万倍警惕。

讨好所有的人，等于讨好不了任何人，如见女的就说美女，等于毁掉了美，且真正的美女也不高兴了。

做人口风一定要紧，这是“吉（口上有物压着）”的前提。

做人协调很重要，尤其是做领导的。为什么皇帝选黄色为专用色，就是其同所有颜色都能协调。

没有原则即表示不负责及不尽责。

凡只知服从命令，按习惯、风俗走的人，一生的成就不会太高；凡会创新，不按命令走的人，易有大成就或可成为伟大的人。

“忙”字分开讲即心（忄）死（亡），故太忙碌的人，由于心已死，是没什么创造力的，也不会有大成就的。

世上存心使坏的人很少，大多好心做坏事，故对人要多包容。

小功人定，大功天（机会）定；小财人挣，大财天赐；但大祸人惹，小祸天惹。

不在乎成就的人，往往能获得大成就；而有小成就，就很在乎的人，很难获得大成就。

宁要真小人，慎防伪君子。

等待是做人或做事（求成功）必需的修养。

位低时要养成节制的习惯，免得将来富贵时，因贪得无厌而自遭其辱。

人最大的投资是与什么人交往。交什么朋友，你就投资什么。

急为魔，缓是佛。

装傻可避免杀身之祸，如同斯大林大清洗时将五大元帅杀了三位后，又要杀布琼尼，当内务部的人包围他时，他端机关枪射击逼退了他们，随即给斯大林打电话："我这里发生了反革命叛乱，有人来抓我，我突围后立即去保卫您。"斯大林大笑："放过这个傻瓜吧，他对我们没威胁。"

# 第二章 生活哲学篇

## 关于生活

生活无论如何艰难困苦，甚至狼狈不堪，最终都会变成巨大的财富回馈给自己。

好生活与月收入没必然联系。

难得糊涂的日子里，也可以舟行千里。但这个糊涂不是真糊涂，而是对小事、无关紧要的事糊涂。

苦与福、昼与夜、得与失构成生活的全部，正如在南极被夺去生命的最大杀手，不是雪崩及意外而是极昼，凡是经过此的人，黑暗成了最大渴求。

“忙”是心死。但忙又分真忙与瞎忙，真忙是做自己喜欢且有意义的事，如写情书，研究自己喜欢的问题，在灵感下写诗作画，虽废寝忘食亦无所苦（只有这种工作才能产生伟大的作品与文化）；瞎忙是表面热闹，其实使人麻木，使文化及身体、脑力退化，这种忙才是真正的心死。

简朴简约的生活，不仅有利专心向学，而且有利精神自由，思想深刻（富裕）。

保持青春活力的七件宝贝：大自然，音乐，爱情，爱好，运动，阅读，创造（作）。

生活中没有的，人们大都希望从文字中得到，其实生活中没有的，文字中同样没有。

生活必须要赚钱，但赚钱绝不是生活的全部，生活及工作都需要兴趣调剂，而兴趣往往需要花钱。

吃菜最好不要吃厨师做的而是自家做的，因为厨师做的缺少了生活的随意与温情和散淡，总是在重复地做给人吃，会厌烦，而不会太用心、用情，没有家常菜的粗糙与温情。

奢侈不是物的积累及消费，而是能自由支配时间，回避他人或塞车拥挤及干不喜欢的事上。当今，独处、断绝应酬、回归大自然、关掉电话、个性生活将成人们尤其是成功人士的最大奢侈。

现代许多人尤其是成功人士即使每天五分钟的挣钱足够花费，而不知停缓稍许来享受生活中的闲暇、大自然兴趣……只把成功或挣钱当作自己生活的目的本身。但不要责怪他们，除非一个人智力超群且能有哲学基础思考人生，否则是不会懂得成功后如何对付这个人们共同的人生误区，这使大多数人成为厌倦厌烦的牺牲品。百年前，高雅的文学知识在成功人士中很普及，现只有少数教授才有。闲情逸致与放松神经的悠闲生活，被现代人看作令人厌烦无趣，故必不断在对钱权的疯狂追求中加速运转，其结果必使人吸毒或崩溃。因此在平衡的理想生活中，健全的、休闲的、温文的快乐享受是必要的。钱权包括任何东西都不能求多，求圆（满），求顶。数量少才会引起人的强烈欲望，太多则使人疲惫，而满则充满危险。

生活中的一切优雅、情趣，都自“慢”中来，大凡美好的事物，也需慢慢等待、慢慢欣赏，如好书、好情、好人、好时光……

西方人的生活方向是前方、远方（中国人是家乡、田园、炕头），如麦当劳的吃法是让你赶路，但西方人已在慢下来了，中国人反匆匆了。

浮光掠影的快速高效的现代生活让人们学会了享受片刻欢愉，却失去了长久等待的快乐。

战略决策决定了我们每个人的生活水平、生活质量、前途。

人的生活与电脑运行系统十分相似，软件安装越多，运行速度越慢，且在运行过程中还会产生大量垃圾文件且易死机，故人若想要幸福、快乐的生活，必须简单、简少、简约，尤其不能背上财、名、权的包袱。

一样的春天，却不能给人一样的喜悦，因欣赏的程度一是取决于人的生活态度，二是取决于每个人过冬的方式。

为生活而生活的是动物，没有人的价值，更不能使人保持永远不厌倦。凡是善于促进生活、会生活的人，都不会以生活本身为目标。

一个人学得太专一、干得太专一、生活得太专一，易将本应多彩的生活弄得平淡、单调，这极易生厌倦心。

不要将心放在阴暗中，就是世界末日，也要笑着迎接。

慢生活不是懒散，不是放慢速度、拖延，而是让人们在生活中找到平衡。

茶如同生活，是什么味，则完全取决于如何喝茶或如何生活的人。

生活如同一辆汽车，能载人到任何地方，但多数人不是坐车上而是躺在车前懒得动任其辗过，而又怨恨车的错。

笑对生活，便不知不觉幸福着；愁对人生，便没完没了烦恼着。

无法获得审美知识的人，也往往无法充分享受生活的乐趣，以致对妙不可言、令人倾倒的美漠然视之。再之，爱情、懂爱、创造并非要以填饱肚子为前提。

生活，有时像一潭深水，我们只能在水边踏浪、嬉戏，而不能在其中泛舟、游泳。

生活没意义、没品位的重要标准之一是：坚信高工资是衡量好职业的标准。

努力工作赚钱没错，错在将其当成了你生活的全部，那样你在不富时焦躁痛苦，富后空虚厌恶。

生活中的事多是：争强好胜时多技不如人，因炫才使气是自卑的表现（或掩饰），真正有文化、有功力、有修养的人多心平气和、低调谦虚、“拈花微笑（其多有飞叶伤人之功）”，举手投足中多有一番潇洒与自在。

幸福的生活完全取决于自己内心的简约，而不在外在财权，因“繁华过后总是空，洗尽铅华方为真”。

生活的态度，决定人生的质量。

勤、慎、诚及好读好运动的人定与成功幸福相伴。不信你想想你可曾见过一个早起、勤劳、谨慎、诚实、好读、好运动的人，会去抱怨命运不好或不幸福不成功。

养尊处优惯了的人，总觉日子过得快。在困苦境遇下的人，总觉日子过得慢。

只知赚钱养家过好日子的，是牛马生活。人的生活，应在生活中有些情趣、品位及对社会有些贡献。

现代化生活缩短了人类的时光，压缩了人们的感情生活。另外，紧张压力、攀比、高速的现代化生活等于向人类催命。

一无所有，也意味着一无所失。

世上唯一随时光流逝、变得越来越好的东西，就是回忆。

生活质量在不冻饿前提下不关物质丰厚，只是一种求好的精神，是在有限条件下，寻求该条件下最好的方式与风格的事物与生活，且将这种求好精神变成习惯，因而才有自信及丰富的内心世界。

不尽如人意的事情，就是生活。

我们生活中能注意发现到的美好事物越多，我们生命中的美好事物就越多。

无论你活多少年，都要明白：你所失去的不会是别的什么，只是现在的生活；你所享受的也不会是别的什么，也是现在的生活。

用感性生活的人，生命是悲剧；用理性生活的人，生命是喜剧。

生活中你不能样样预测（准确），但你可以事事尽力。

生活质量、生活品位包括幸福指数并不需要名牌及钱权名，只要吃得健康，睡得香甜，穿得得体，思想深刻，言之有物，生活充实，爱好广泛，个性鲜明，精神饱满就好。

生活是悲苦的、寒冷的，可我绝不忽视春天的温暖。

生活的魅力，正在于它是一团乱麻。

学会取舍，才懂得生活。

大家都是极热爱生活的，如沈从文认为“日子过不够”，裴艳玲头发花白了还同小犬跳舞，生动如少年。因为活到一定境界，一定是既热爱生活又生动快乐且简单深邃。

选择一个人（友人、爱人、情人）即选择了一种生活。

千万不要把点当成圆来看，无论是情感还是事业，都不要限制在一点，人生的路及生活都很宽广。另外，一个涂的再粗再大的圆，放在太阳底下，也只不过是一个小小的点。当你将这个圆做得足够大时，要学会及时放手、收手，回头是岸，你真正的生活是在圆外而不是在这个点上。

智力生活用来满足人的高级属性。不像物质生活用来满足人的低级属性，没有智力生活（读书、学习、思考）的人永远属低等动物。

可以过得清贫，但要过得健康。

能按理想过自己喜欢过的自由生活的人，是真正的成功者。

忙并快乐着。但这个忙不是为名利的繁忙，无知的匆忙，不思考的瞎忙，而是为你喜欢的有积极意义事情的充实的忙。

成熟的标志是知道天下无两全其美之事。允许、接纳自己的生活存在缺陷、不尽完美。

对为生活挣扎的人，你无权要求他有多高的精神追求，但如果生存问题已解决，你还不作精神追求，还唯利是图，将幸福的外在因素（钱、功）看成一切、高于一切，那你就很可悲了。但为生活挣扎的人不是不可有精神追求，如梵高、武训，尤其是颜回：居陋巷、一箪食、一瓢饮，曲肱而枕，人不堪其忧，回不改其乐（寻颜回乐处）。

生存的游戏就是利己主义与利人主义之间的博弈。

公务人员可以退休，商人可以退休，军人可以退休，但一个有才智的人，绝不能也不会退休。因生活的本质，在于不断探索和追求，谈何休息。

同样的政策、同样的经济、同样的教育、同样的文化，为什么有人成功，有人失败？这是当船长还是当船主的思想差别问题。

靠自己努力、积蓄、等待后得到的东西，往往才能让人有满足感及幸福感。

生活中可怕的不是失败，而是你没从中学到什么。

生活中有许多障碍，正是这许多障碍构成了生活。

一种宝贵的生活态度是：无论你遇到怎样的不幸，都要坦然接受并从中学到些什么。

生活中的许多东西并不易改变，但易变的是人的心情。即使一生中什么也没抓住，只要抓住了快乐，就是天下最富有的人。

生活中，很多不如意的事情会砸到你头上，你虽不能改变，但可决定其发展方向；你遇到的每个不如意（包括如意），其实都是道选择题，即可选择如何应对，不让外人外物影响你的情愫。

智者活的是尊严，愚者活的是派头；智者活的是闲暇、个性、快乐、品位，愚者活的是吃喝穿住等外物。

人的生活说到底都是狭隘的，因世上的生活方式有千百种，而你只能选一种。

匆忙使人无暇注视自己的生活，单调使人失去了注视的兴趣。

人们对生活的理解往往很像写案情报告：找原因尤其是导致原因的人。

古今中外对人类而言，最受用的两个字是平淡，即便绚烂之极也是归于平淡，其不仅是生活技巧，还是一种胸怀、一种人生境界。中年后应平淡，为什么散文多是中年后写，因之领略过天地苍茫及人生限度，才会生散淡心情。

匆忙的生活易使人将生活格式化、程序化，将事物简单化，以致无暇无能感受细微差别及凡常事物中的美，如莫奈能感受到伦敦街上的紫红色雾（大家都以为是灰色的），成为“伦敦雾的创造者”。

写日记可使人珍惜生活中那些值得珍惜的片段，否则会听任好东西流逝，时间久了以后，好东西便不会珍惜了。

安静而丰富的生活是最美好的生活。

健康的、有品位的生活必包括两个方面：健康的生活本能、严肃的精神追求。

其实很多日常工作、生活是很有乐趣的，且有放松的效果，可为生活添韵律。生活中的很大乐趣之一是花时间去享受身边的每一样东西。

生活的全部艺术是奋斗，不仅仅是为了成功或一定能成功，但要以能获得成功为前提。另外，只有奋斗本身才能给你带来生命的充实、生机、高贵，这些也是生存勇气的唯一尺度。

生活的高手是在生活的进攻之下，目光炯炯紧盯梦想的人。要骂你的人，而非你真正的敌人。

我们要面包，我们更要玫瑰（100 年前芝加哥女人们游行时喊的口号），即指既要物质生活，也要精神生活；面包指生存问题，玫瑰涵盖发展问题；面包要求是活下去的权利，玫瑰要求是活得更好的权利。

虚无主义就是最高价值失去了价值，原以为是最高价值，后来却发现一点价值都没有，生活失去了目标、意义。

## 关于生活的智慧

认真走路的时候，会意识真实的目标在哪里，更不要说目的了。

凡浓郁的，强烈的，都生不出智慧。

任何时候都不要放弃：今天太阳落下山，明天会照样升起。

顺应变化的能力是最大的能力。如老子在该去时顺理而死，该来时应时而生。养生也罢，处事也罢，处官也罢，都要顺应自然。

冬天的龟再打都不出头，放炉子上马上出头，故要想让人按你的意图去做，不要采取攻击的方式，关怀与温暖比什么都重要。

战（斗）前口出狂言者，多数没好下场。

水流永不停息，谕示人要终身学习；水无言，却贡献最大，万物离不开。

危机即是转机。

凡事皆由积累而成，故积善之家必有余庆，积恶之家必有余殃。

富人有富人的乐趣，也有提心吊胆的忧虑；穷人有穷人的苦难，也必然有问心无愧的坦然。

受益的最高准则，是在不损人并利人（双赢多赢）的前提下。而即如此也不能贪得无厌，如不适可而止，必引起众妒众攻。

富婆说烂衣和尚可怜，此和尚说此富婆眉头紧锁可怜。故我们对任何事物都不要盯一点看，用自己的长处看别人的短处或反之，那样易使人产生自大或自卑情绪，唯有看清了所有，才能真正正确地评价自己，自大与自卑也就不会出现了。

对付无赖只能无赖，即以无赖的手法。笔者有个观点，即对好人更好，坏人更坏，治住坏人是好人，让好人说我好，坏人说我坏。

别人说什么，做什么，责你什么是他的自由，也是他的权利，正如古代阿拉伯女王蕾拉说：“我几乎可以做我想做的一切，但有件事我断然不能做，即不能堵住所有人的嘴。”

处理好有和无的关系很重要，如有功和无功、有才和无才、有私和无私、有欲和无欲等。而处理好这些关系的关键就是要努力去掉“有”的束缚，发挥“无”之用，好比画中留白，屋中的空间。

合理、适当的享受是应该的、必需的，但一定要放弃过多的欲望。因过多的欲望不仅害人且危命。生活即活得有生气、生机、生趣，具体说就是快乐地活着，健康地活着，运动地活着，希望地活着。

向人求助就证明自己是弱者，有时很得人欢心，这就是“富兰克林效应”：向同事求助后他对你的好感会增加。

健康就是幸福，知识就是力量，朋友就是财富，活着就是胜利，参与就是成功，坚持就是伟人，快乐就是神仙。

优点有时即缺点。如谦虚也能使人落后，因不张扬个性适时显示自己，就不能引人注目、受人肯定。

人生重要的不是克服短处，而是发扬长处。“谈而即觉，是谓聪明；觉而不护，是谓正直”（王安石《原过》）。因有错误的斗士仍是斗士，没错误的庸人仍是庸人。

耐心是时代的月亮，只有不厌其烦的人才能成功；妥协即共赢，不会妥协生活就没有宁静；优秀是种习惯，生命是种过程，放弃是种智慧，感觉（到好、美、善、快乐）是种品质。

欲救国者须先救己（求人先求己一样），即为己之学如何。

凡事不可不求，凡事又不可强求。我们不是为某人某事活着，故没必要对某人某事耿耿于怀。

两利相衡取其大，两利相害取其轻。

没永恒的朋友，也没有永恒的敌人，只有永恒的利益。如同天下唯一不变的只有变。

一个人要想做出成绩来，要有广泛的超出专业外的知识，即“功夫在诗外”，故需要一个人全面成长。

节日，就是自我节制的日子，其包括管束、停顿（休息）、打节（思考）之义，可我们现在的节日却变成了亲友聚吃聚赌及请客送礼的比拼，不仅无思考、无停顿、无休息，反比平时还累。

“三思而后行”，但如思考过度往往失去了行动的机会。人生诸事，如离开行动及实践，就难以找到解决问题的好办法，属“精神自杀”的范畴。

“难得糊涂”最好在无关紧要的生活琐事，尤其是家事上，如过多或任何事都难得糊涂岂不是成了没思想的动物。包括“清静无为”“无欲则刚”都要有度，有范围，否则你一定沦为愚蠢及混日子之物。

思想很重要，有首歌说：“你想什么，什么就是你。”敢想敢干虽好，但敢想才敢干，想是干的先导。无数历史事实证明：只有思想的腾飞，才能有政治、经济、文化的腾飞。

思路要扩宽，只要有“思”就有“路”。

人际交往中有个“风雨定律”：每隔 7 年就会失去一半密友，如不及时交新友就会沦为“孤家寡人”，如此抗压能力会下降、身心健康会出问题，但是 40 岁后要少交朋友。

思索一种语言就是思索一种生活方法，在思考、寻找好的讲话方式时，也等于在寻找好生活。

宽恕是无条件的，也是全面的，也非一蹴而就的，讨价还价是说不通的，但要在宽恕别人前先宽恕自己。

过错是短暂的遗憾，错过是终身的遗憾。

最富之事是开心。

一些藏族同胞是最困难的，但又是笑容、快乐最多的，简单衣食之后便慢悠悠地转山、慢悠悠地放牧、慢悠悠地喝茶。在对待人生上，其实他们最聪明。如一人一年需 500 斤粮，可有的人（绝大多数人）却总为 1000 斤、3000 斤、5000 斤……去努力奋斗，患得患失、焦虑不安，这难道不是愚昧与荒唐。你看“官财”二字与“棺材”谐音，你将官财作为人生的主要或全部追求（即物欲），那么无异你有此思想时正等于进了活“棺材”。由此带来的忙碌、焦虑、贪婪成了一种剧毒在毒害你。

每天努力一点点，每天进步一点点，就能创造一个想不到的奇迹。

真正吸引他人的是同理心即与他人真正建立联系的能力。他们具备吸引优秀人才为之工作的能力，因从来没什么重大事情是一个人单独完成的。

欠人的，无论是钱债、心债、德债，还是健康债、时间债、睡眠债、法律债，迟早都要还，哪怕偿还在后代及其他方面。

对智者而言，生活所要的，不是足够的多，而是足够的欢喜。

过于追求别人的赞扬，等于将意愿转向他人的反应，如花开不是将心思放在绽放上，就慢慢失去天然的动机与力量。

没有长远及中心目标的人极易受一些微不足道的诸如忧愁、悲伤、烦恼、自怜等困扰。

只有做职务以外的事，不像机器那样只做分配的工作，才能引起上司的注意。

牢骚像口臭，自己没感觉，却让别人不舒服。

气量小的人，别人挑衅一句，就如同在一盆水里投石子，必然飞溅。气量大的人则不然，如在大海投石子则不会溅水，大海深小盆浅之故。

与其诅咒黑暗，不如燃起蜡烛。

得到越多，失去会越多。

恩不可过，过必不继，不继则生怨；情不可密，密则难久，中断则生落。

不要无偿地多次帮助一个人：1. 他将认为可不劳而获；2. 渐生依赖；3. 欲望更多；4. 有损他的尊严；5. 不利人格独立；6. 渐生怨气，因不可能满足他。

世间烦恼90%是庸人自找的，是“无故寻愁觅恨”。

最便宜、最易得、最美味的，可能恰是最珍贵的，并可能以生命为代价，如钓饵。

有求皆苦，无欲则刚。

谁过分地在乎目标，谁就是个患得患失且难以到达目标的人。

与人正面冲突，最后没有不两败俱伤的，因伤人一万，至少自损八千。（退让）牺牲是一时的，保全是一世的；牺牲是爆发，保全是维持；牺牲是激情，保全是平淡。保全也是牺牲，牺牲自己内心的原始冲动及狂热，换得长久的平安与幸福。

怨恨，就像自己吃了毒药后，去等待另一人死亡。

太在乎的人总难成事，因想得太多，在乎人们的闲言碎语，恰忽略了事情本身。

当你踮起脚尖去争名利、荣誉时，就跑不快了。

拿得起放得下，是幸福；拿得起放不下，是痛苦。

连自己的身体（健康等）都不爱惜的人，怎可能爱他人？

在哭泣中坚持，在坚持中祈盼。

爱出者爱返，福往者福来。

重剑无锋，大巧不工。

再大的楼房也不如宽敞的心房。

世界67亿人，常联系的不过50人，故要善待身边的每个人。

别人的忽略就是机会。

一切观点及行为准则都不必要求别人如何如何，应持这样的态度：人家认可，我含笑；人家反对，我亦含笑地理解、包容。

万事相通，举一反三。

密网为何捕不到大鱼？被小鱼占满并惊动大鱼，大网眼将小的鱼放掉才能抓住大鱼。

铭记一些事，才叫感恩；忘却一些事，才叫包容；专注一些事，才叫执着；漠视一些事，才叫超脱。

干什么都要重“双赢”，因为这样才能长久无后遗症地发展。正如英国管理大师总结的中国式契约：如签字时一人在笑、一人板脸，这约便不能长久。

过我眼，即我有。

狂妄必然灭亡，如成吉思汗西征归来狂妄地说：“至今我未遇到过不能击败的对手，我现在只希望征服死亡。”话出不久就呜呼了。

若他人的话让你痛苦，请感谢他，因他提醒了你内心的伤。

大智者的活法：满足现在，但不放弃努力。

别给舌头太多的自由，以免自己被动。

见想见之人、听深刻的省人之言，与其同饮，如获美剑。

生气是自己对自己实施酷刑。生气1小时等于熬夜加班6小时（一夜未睡）的杀伤力。盛怒可使人暴亡。

坚持做自己喜欢事的人，不要去参加同学5年、10年聚会，那是你艰难的时日。参加20年聚会，那时你可看到坚持梦想的人和随波逐流的人的生命本质。

被什么困住并不重要，被困住才是问题所在。尤其不被过去的事情困扰，不被过往的思想侵袭，你忽略它，它就结束了。

极盛之秋，我只取一叶。

你并不特别，因每个人都是特别的。

愤怒是有理由的，但它无济于事。

问题常出在你认为不可出的地方。

宽恕别人，是对自己的一种解放。

盛赞之下无怒气。

选择比努力更重要。

有人向你撒谎时等于告诉你：事情远没有那么简单，真相常掩在假象之下。当你被偷时等于告诉你：没什么东西永属于你，珍惜你所有。有人打伤你或病痛时等于告诉你：生命很脆弱，要学会保护自己，身体才是你能永远拥有的一份财富。有人指责你时等于告诉你：谁都可能犯错，你能做得最好的事情是真正原谅指责你的人。爱人背叛你时等于告诉你：抵制诱惑是人面临的一大挑战，抵制才能得长久的幸福而非短暂的欢乐。有人欺骗你时等于告诉你：贪婪欲是一切罪恶之源。有人嘲笑你时等于告诉你：没有两个人是相同的，不应以外貌或举止评人，而应以德评人。

冰上为何易摔跤？阻力太小，行走太易，地面太平，缺坎坷。有些看似阻碍我们前进的东西反而成就了我们，让我们更稳健、更不易倒下。

学会抛开手机生活，将使自己内心更强大。

踢人之人，己脚必疼。踢人影子（中伤、阴谋害人）的人，踢你的也是自己的脚。

任何事都可从好处看：如疼痛是很坏的事，但对偏瘫病人则是福音。从医学的角度讲，疼痛是身体部位对人的及时、善意提醒。同一疼痛，由常人尤其是小孩的怕、瘫人的福、医生的重视就可看出事物的多面性。

先吃巧克力再吃香蕉便不甜了，原因不是香蕉不甜，而是有了

"甜蜜的比较"所致。故我们生活中的"不幸福"，很多时候不是我们拥有太少，而是我们要求太多或与人太多比较（攀比）、计较。

嫉妒、仇恨别人等于将生命交给别人。

谈论自己易陷虚伪，谈论别人易陷是非。

许多吻你手的人，也许就是要砍你手的人。

使自己生活美好的十种方式：1. 让家及办公室整洁；2. 不懈怠有目标；3. 直面及接受自己短缺处；4. 及时处理掉自己不用的东西；5. 勇于与己不喜的人绝交；6. 对有怀疑不决的事，便信直觉；7. 不说谎；8. 给己独处的时间；9. 不想看到的事情和人要勇于拒绝；10. 不总是模仿别人。

工作中对某类人好便是一种恶，因对其他人不平等了。

愤怒有时是源于爱，但因之烧了自己就划不来。

心，在什么都不装时叫"心灵"，装一点时叫"心眼"，装多时叫"心计"，装更多时叫"心机"，装太多时叫"心事"。

如果你总用他人的成绩来衡量自己，一辈子也只是个追随者。

凡事要正面解读，逆向思考，顺向（势）而动。

恨别人，不仅无损人，折磨的只能是自己。

除双亲，没有人有义务对你好，故对你不好的人，不要太在意。对你好的人，除感恩外也要防备点，因每个人做每件事都有原因。

本事与本能的区别：把脾气发出来叫本能，把脾气压回去就是本事。

不能太快将对方做朋友，那样不仅不利你了解，别人也觉得你轻率。

大悲是不能用语言抚平的，任何语言都属多余，只有两种好方法：陪他静坐或听他倾（哭）诉。

心态平和的前提，是个人的实际能力与现实欲望相匹配。

一个朋友失意时，想从你这得到的，大多不是让你为他指点迷津，而是愿意让你听他倾诉。

把爱藏在心里，只能温暖自己；表达出来，才能温暖别人。

同样一件事，出于不同的动机（心态），就会有不同的效果。如钓鱼是一种乐趣，捕鱼是一种劳作。

水都是一样的，至于变成茶还是咖啡，就看它与什么在一起。

世上很多东西，一旦你试图占有它，就不存在了。如你爱听泉水唱歌，将之收进坛子、藏进柜子，歌声再也没有了。

高尚是对高尚者的最高奖赏，卑劣是对卑劣者的最大惩罚。

你的好，对别人如同一颗糖，吃了就没有了；你的坏，对别人如同一个伤疤，留下了就永远在。

所谓宽容，从某个角度就是：只要他有一分合理，我就给他九分尊重。

苦难在什么情况下才真正成为苦难？你将之视为苦难时。

旅行易让年轻人成长。

毒蛇有毒即有自卫的武器，生命力也更旺盛，繁殖的也快，更有利于生存发展，可现实中毒蛇更稀少，这是为什么呢？因它自恃有强大的武器，见人便进攻（无毒的蛇见人跑，故一看就知此蛇有毒没毒），故更易被捕杀，所以越来越少。如同社会中有才及有靠山的人，恃才傲物，锋芒毕露，树敌太多之故。

什么才是最具眼光与智慧的发展之道？舍小利而谋远，如同一味捕小鱼小虾，以后就无鱼可捕。

与其说你赚钱（升官出名），不如说你被钱所赚，赚走了你的青春、体力、时间、生命。

十样会不如三样好，三样好不如一样绝。

要用别人的成功来激励自己，不要用别人的成功来折磨自己；要用别人的错误提醒自己，不要用别人的错误来原谅自己。

后悔是种耗费精神的情绪，是比损失更大的损失，比错误更大的错误。

不要悲观地认为自己很不幸，其实比你更不幸的人还有很多。

使人难过或痛苦的，不是事件本身，而是你对事件的看法。

为失去而悲伤等于自虐。

因过去是死去的尸体，为过去的事情悲伤，等于徒劳地去抢过去的尸体，是很愚蠢的。过去的事不要想，因你无法改变；将来的事也不要想，因你不能确定。智者抓住的是现在。

诚实能使人得到挖空心思而得不到的东西。

过去再优美，我们不能住进去；未来再艰险，我们不得不走过去。

强者前面全是路，弱者前面全是山。

与其盼望长寿，倒不如珍惜每一天。前者是愚者的表征，后者是智者的特征。

每隔10—12年，人的身体都有大的变化，故要提前学会适应。

我们的任何得到都应看作意外的惊喜及收获，这样才能获得更多、更大的幸福。

嘴有两个功能：说与吃。说出去的收不回来，吃进去的吐不出来。故乱吃是对己不负责，乱说是对人不负责。

干什么都要集中精力及目标，因一个时期只能做一件事，同时追两只兔子的人将一无所获。

带着爱去工作的人，将与幸福快乐合为一体。

不把自己看得太重，才不会失重；不把自己看得太偏，才不会失衡；不把自己看得太高，才不会失足。

任何东西都是过程，如生命、爱情、疾病。

无聊，是死一样的活着与活着的死去，死去你的创造之心、思考之心、报国之心。

头脑不是一个被填充的容器，而是一个被点燃的火种。

飞机到万米以上就没有了风雨云层，故如你生命的云层遮住了阳光，是因为你的心灵飞得不够高。

世上没有比人更高的山，比脚更长的路。

把自己当泥土吧！如当珍珠，总有被埋没之感。

做万兽之王的狮子，饱后不会攻击其他动物，在其猎住大动物后，在他身边是安全的，故只有知止才能做兽中之王。因此，笔者在非洲才敢在饱食的狮子嘴边摄影，令导游惊叫。

藤不是攀附而是借机借时的积极进取，否则怎能以柔弱之身直冲霄汉（当然还有树之无私）。伟大不都是站在别人肩膀上吗？

活在别人的眼光中、评价中、价值观中、生活方式中即活在地狱中。

把周围的人当魔鬼，你就生活在地狱；把周围的人当天使，你就生活在天堂。

动物所做的一切，就是在头脑中保留那些生存所必需的最基本的东西，而人类的愚昧之一是常会忘掉这一切而收纳大量无用的信息，并以此来折磨及消耗自己。

越是简单的东西越变幻莫测，如电脑可打败国际象棋冠军，却连初学的围棋手都打不过。

“礼”的内容很多，最重要的还是指人的虔敬心，无此就缺稳定性，人就不富足快乐。不虔敬者不感恩，不虔敬者定贪嗔不止，祸乱纷纷。

甚爱必大费，多藏必厚亡。

功名利禄很难忘却，连苏轼这样的高人也难，如其诗云：“长恨此身非吾有，何时忘却营营。”作为常人虽做不到，但也应知其害。

浮屠为什么不宿桑下，怕产生留恋之情不利修行。故智者不恋物。

怀感恩之心对顺境，怀不懈之心对逆境。

在低谷时要振作，在高境时要慎重。低谷不能振作的原因是不解真相的恐惧；高境骄傲、自大是不明哲理的浅薄。

上天制造苦难，为唤醒你的知觉。

走出低谷的好办法是制定愿景，即一个美好的希望使之产生动力。

危机即意味着困境、逆境、险境中有许多转机，在危机的真相中隐藏着许多意想不到的常人看不出来的伟大机会，如百年不遇的经济危机也是百年不遇的机会，高明的股市专家都是在最低谷买进、最高峰卖出。

左右逢源、黑白通吃者必不能久。

送感激的话比送礼还好，礼很快会用掉，感激的话会陪你终身。

诚实守信是一种自尊，且是最大的自尊。如办公司、办事互欺，是两人没自尊、没尊严的最明显体现。

任何环境、任何人都能容下你的三要诀：待人真诚、做事规矩、态度谦恭。

明天和来世哪个来得更早，没人能够知道。这样，你就觉得死亡是个很熟悉的客人，来时你不会觉得突然。

原谅他人的错误，不全是美德，也不一定是最大的优点，但原谅自己的错误，则一定是最大的错误。

过分为己，是自私自利；完全舍我，也是在虐待生灵（自己也是生灵）。

如你将自己的队伍远远地抛在后面，你的同事就可能认为你是敌人。

怪罪别人是一个人逃避现实的借口，如同失败或犯错后给自己找理由是堕落的代名词——失败没借口。

愤怒的人只会破口大骂，看不见任何东西。

将别人恩惠写在石上，怨恨写在沙上，愤怒写在风里，嫉妒写在水里。

把平凡的事情做好就是不平凡。

前进的理由只有1个，后退的理由有100个，人人都能且习惯找理由证明自己不是懦夫，是客观原因，而找理由恰恰是懦夫的表现。

第二次世界大战中飞机失事最多的是在凯旋着陆时，即放松麻痹大意时，而人的失败也往往在最得意、最顺利、最成功之时。

快，意味着错过；慢，意味着发现。快，意味着粗糙；慢，意味着精细。

蒙住双眼的不仅仅是黑暗，强烈的阳光同样会蒙住我们的双眼，看不见星星，是强烈的阳光遮住了星星，而星星原本有。如同一个名人、成功人士尤其是伟人，不是没缺点而是被光环遮住了。

要欣赏彩虹，就得做好忍受暴风雨的准备。

旅行也是一种给予。

小病如微醺，等于在忙碌中歇息，向生活缴械投降、怠懈一程，去体验生命本态的静美与安宁。

追求不强求，更好的是追而不求。

将自己的错误说得重如山，对方的愤怒会轻如毛。

对某些人来说，人际关系好是善钻营的代名词。

羡慕、嫉妒、自卑、烦恼、痛苦，多因凡事与别人比。

世事皆有两面性，如堤是保护水的，也阻挡水。

外在的值得骄傲的东西长不了，如脸蛋、皮肤、金钱、地位。只有内心值得骄傲的东西才能长久，如知识、智慧、情趣、个性、幽默、先进的价值观等。

施恩图报者本身是种邪念，因其善的出发点就是恶。高希望必然有失望，天天念回报本身已无心境安宁了。

重复的事情不停地做，你就是专家；重复的事情特别专注地做，你就是伟人。

快乐让我们热爱世界，痛苦让我们了解世界。

容忍比自由更重要。

矫情比平庸更可怕。

认识了幸福等于找到了良药；看清了敌人等于找到了良师。

一方独大，难能长久。

举得起放得下是举重，举得起放不下是负重。

一口吃不成个胖子，但胖子是一口一口吃出来的。

浅交者谈不上绝交，因绝交仅对深交。

对人的理解是友谊的基础，是人与人和谐的基础。

经历一次较大挫折不被打败，你就会比过去强大许多倍。

招人喜欢的方式之一是不要自私，不要期望任何事情都符合我们的方式，不要奢求拥有太多，包括朋友的注意力。

养成在别人身上寻求优点的习惯会给你带来无尽的成功。

岁月使你皮肤起皱，但没有热情则使你心灵起皱。

“没有人向我挑战，是我最大的危险，这意味着我已经死亡。”这是诺贝尔经济奖得主加拿大教授赫克曼的座右铭。

要面子不仅是种不健康的心态，也是自卑的表现。面子交易一本万利，也是万恶之源。

凡事学会换个角度思考，从好的方面想，人生将有别样风景线。

善待别人就是善待自己。

对陌生人一个微笑并不需要我们付出很多，但能给人、给己快乐。

所有的精华都是熬出来的。有人折腾你、折磨你，就权当他是添火人吧。

知止而后能定，知静而后能安，知虑而后能得。

如果不将悲伤与怨恨留在身后，就永远生活在狱中。告别仇恨的最好方法是宽恕。

自由是遵守规则之后的丰厚报酬，是承认一些基本限制之后剩下的广大空间或地盘。

意志、知识、智慧永不会因通货膨胀而贬值。

在艰苦中的坚挺，将成为将来喜悦之本。如第二次世界大战时德国轰炸期间伦敦人都劝女王逃避，她坚决不，并说：“不然当胜利来临时喜悦的心情便会大大淡化，甚至有负疚感。”

生与死两头由上帝掌握，只有中间这一段才属于我们自己。

回忆愈美好，告别愈沉重。

自立、自助、自强是人立于天地间的重要能力，正如生存环境很恶劣的爱斯基摩人，如别人问需要帮助吗，便认为是对己最大的不尊重。因在暴风雪、冰海、凶兽及处处陷阱的北极若有等人帮助的一丝依赖心存，恐早就性命难保了。

原谅别人，就是给自己留下空间。

凡事肯吃亏是君子，凡事想占便宜是小人。

月缺总多于月圆，这多像生活。每天的月亮都可以是圆的，你用光明的想象补上那暗影部分就成了。这是一种“执虚月若执盈”的境界。

宽恕，就是站在别人立场上客观地看问题。

勇气是带着正义的爱；倾听，是给予对方一件彻底接受的礼物；创造，是我们送给世界的一件礼物。

世上的欢乐与痛苦如同月圆月缺，圆总是少的，缺是常态。正如一首法文歌曲所唱：“爱的欢乐，只出现一小会儿；爱的痛苦与悲哀啊，却持续了整个的一生。”

没看见光的人，是因为在黑暗中早已停住了脚步。

弱小者要学会刚强，强大者要示弱以变通。因弱者不可守弱，强者不可恃强。

在苦难面前不背过头去的人，理应如星空被人仰望。

总想把别人整死的人，岂不知别人也在为你挖坟墓。

仇怨是自己对自己的继续伤害。

富者忍能保家，智者忍能保盈，强者忍能保安，贫者忍能免辱。

言宜慢，心宜善，意益诚是富贵之人保家之法。

悲观是一种毁灭，乐观是一种拯救。悲观是短视及看不清事物本质，乐观是卓识及对事物本质的深入了解；悲观者认为“星星愈亮则夜晚愈黑”，乐观者认为“夜晚愈黑星星愈亮”。这如同雨后天晴的夜晚望窗外，乐观者看到的是繁星闪烁，悲观者看到的是满路泥泞。对于秋天，悲观者看到的是“自古逢秋皆寂寥”，乐观者看到的是“我言秋日胜春朝”。悲观者先将自己打败，后被生活打败，乐观者先战胜自己，再战胜生活；悲观者常怨别人，乐观者常怀感恩之心。故一哲人曰：“要想征服世界，须先征服自己的悲观。”

微笑，花费不多却创造无限。

无论从事什么职业或学什么，年龄都不是问题，选定目标，坚持不懈，就会一天天靠近成功的彼岸。

为什么有些人衣食无忧、工作稳定、身体健康，还抑郁沮丧、悲观失望，使之不得开心颜？主因是心灵深处的阴气过重，认为自己意不得舒，志不得张，望不得现，自怨自艾，阴凝郁结。疗之妙方：常读励志文章，培向上锐气，养宜人志趣，流连大自然，活跃体育场。

反思对人很重要，如人能将退休后及将死前的反思提早几十年，50%的人可成为了不起的人。

平庸的盲人看不见世界，伟大的盲人会让全世界都看见他。

真正的宁静，不是避开世俗车马喧嚣，而是在内心深处种篱种菊。

妥协与让步是必不可少的，无论是在婚姻中、友情中、亲人中，还是在政治中。

高贵不在名牌，你那忧郁的眼神，精心保养过的面孔，坚定沉着的步伐，得体的衣着，睿智的目光，不凡的谈吐，举手投足的修养，涵合天下的大气，对陌者、乞者的慈善，彬彬有礼的言行，阅尽天下事的淡定，别人升官发财与己无关的自信，不在乎别人评论的神情……都足以让人仰视。

要允许人走进你的世界，但不能允许人在自己的世界里任意行走。

生气不如争气。如宋徽宗找画驴的画家，人推引众妒的大画家朱子明（从未画过驴），其不生气反争气，苦画了数千幅得大成，反感谢妒己之人。

活着，是个严肃的问题；怎么活，则是个悠闲的问题。

这个世界很简单，只是人心太复杂。

比别人说你坏话更糟的是没人说你坏话。再之，说坏话的人，永远是被说坏话的人的手下败将，你见过上司说下级坏话，胜者说败者坏话的吗？故其本身就是一种变弱行为，失败先兆，一种聊胜于无的还击。

鲁莽者应学的是思考，善思者应学的是决断即不犹豫。

跟你站在一起的人，未必就是你的人。

你无法给予别人你没有的东西。

能力源于对他人的帮助。

安宁，是自我控制、自我主宰的第一步。

微笑是最好的名片。

能休，尘境乃真境；未了，僧家是俗家。

心旷，则万钟如瓦缸；心隘，则一发似车轮。

不要将责任推在人家身上，因当你一个指头指人时，其实有三个正指向自己。

诽者的舌头杀了三个人：说话的人，听话的人，被说的人。其实损人不利己，利人必利己。如盲人打灯笼：为别人照路的同时也免得别人撞上自己。

大厦千间，夜眠五尺；良田千顷，日食三餐。为用不着的权财去争夺是最大的愚蠢。

知足常足，终身不辱；知止常止，终身不耻。

忘记一个人，分鄙俗的忘记和高尚的忘记。高尚的忘记一个人很简单：不要见，不要贱，不要恨，只要祝福及远离。

没有一个人在我们面前说的话与我们身后说的话一样；假如每个人都知道朋友背后说的话，除大智者外便没有不破的友谊。

付出与获得永远是对等的。

经历挫折，才能得到轻易得不到的东西。

顿悟恰便是人间四月天。

在根本利益的枝条上，落满了各色虚情假意的雀子，但生活的大幕上，不会留下它们苍白的歌唱。

人生的路上最需战胜诱惑又最难战胜诱惑，故有诗人感叹：路啊路，飘满红罂粟。

没有风华绝代，只有岁月静好。

任何“坏”事都有好的一面：清晨不得不从被窝爬起来上班，说明你还没失业；被上级大声呵斥，说明上级在乎你（不在乎就开除或冷落了）。

有三样东西别人抢不走：吃进肚里的食物，藏在心里的梦想，学在身上的本事。

这个世界没有绝望的处境，只有绝望的人。

同信任相比，别人给我什么东西都不重要。

不争包子争口气，不争得失争成长，不争先路争赶路。

无利也早起之人，才是能得大利、干大事之人。太计较自己得失的人，不可能放开手脚干一番事业。

诚实如胡萝卜，平时你总要付出许多代价：松土、浇水、施肥，到收获时才发现如此鲜美、中吃。

对利己心不能做道德上的批判，没利己之心怎能有利人之心。

经历挫与痛的人生是个好事，因为人如铁，多淬火才能成为好钢。

笑，大约有两种：一种用心灵展开，一种用心计算。

有人类活动就有矛盾，其原因无外乎：争权、夺利、嫉妒。

用智不如用势。

快乐是你事先决定好的。由心态、智慧决定，而非得到多少。喜不喜已成事实的事物不重要，重要的是如何安排自己的想法。

要感激睁眼的每一天，不恨不忧不繁（生活简单），多给予少期盼。

享受与金钱无关，对每个人都不是遥不可及。人生处处有享受，人生时时有享受，而享受什么？怎样享受？全看你有怎样的情怀，怎样的人生观，怎样的智慧。

前卫是一种行为，更是一种思想，只有意识超前才能有行动的前卫。人的身体可老化，但要始终保持一颗年轻的心和前卫的思想。

先人一步好，慢人半步忧。

做事业的方法与做事的方法有所不同，做事业的活动是与人且与许多人打交道的活动，做事靠自己就行了。目的也不同，为人类为民族，至少是为他人；而做事情只为自己富贵或出名。但做事业包括做事情，做事情不包括做事业，无论事情做得再大。

协调即平衡，指人心理上的平衡，而非物质上的平衡。

别人认为最不可能的，恰是我们要做的事。如美国著名企业家哈默，做过石油大王、餐具大王、药业大王、酿酒大王，即是运用此思维。

世界并不完善，唯有工作可使我们免除烦闷、纵欲、寂寞这人生的三大害处。

善办大事，乐办小事，不办坏事。

关系是泥饭碗，会碎的；文凭是铁饭碗，会锈的；本事是钢饭碗，是坚固的、不锈的；素质是金饭碗，是长久的、会升值的。

令人筋疲力尽的往往不是要做的事情本身，而是事情前后患得患失的心态。

安宁与自由，谁也无力兼获两者。

以古典道德做人，以平淡心态做官，以严谨态度做事，以争分夺秒度日。

失礼展示了自己的修养不足，而非对方配不配得到这个称呼或礼遇。

人多的时候少说话。

将自己看高，将别人看低，是很多人失败的根因。

凡事对比不攀比。

凡事乐观看很重要，火柴在你衣袋里烧起来，想到幸亏不是炸药；手扎刺想到幸亏不是扎在眼中；穷亲戚来找想到幸亏不是警察；一颗牙疼，想到幸亏不是全嘴疼。

不怕挣得少，就怕走得早。健康长寿是人生最大的赢家。

失败分失败的失败，胜利的失败，光荣的失败，伟大的失败。一蹶不振是失败的失败。

学会感恩与忘仇会使我们精神得到升华。当我们能忘掉仇恨并总怀感恩心时，我们的生活就会充满阳光。

一两真诚的价值，相当一斤的聪明。

善待工作是一种积极进取的人生态度。

跌倒不是坏事，一士兵跌倒后看见丛林中是沼泽而免了几个人的死亡——站着时根本看不见。

逢人夸好必使被夸的人越来越好。

四君子汤：君子量大，小人气大；君子不争，小人不让；君子和气，小人斗气；君子助人，小人伤人。

看得见的是暂时的，看不见的是永恒的。

尝遍酸甜苦辣之后，才知淡泊的精彩，才知白稀饭、豆腐好像没味道，而又是生命中最深的味道。

好色无异于自戕。

弯处往往有好风景。世事如此，许多时候以为山穷水尽，其实转个弯就是好风景。

原谅他人，不一定全是美德；漠视自己的错误，倒是不负责任的表现。

超过别人一点点，得到的是妒忌；超过别人一大截，得到的是羡慕。

大病必缘于情志，缘于自身生活绵绵无期之怨毒。

对积极的人而言，即使地球明天要毁灭，他也要种下一棵苹果树。

时来天地皆同力，运去英雄不自由。

焦虑是无能力的表现，抑郁是有能力无机遇的表现；焦虑易使人烦躁发狂，抑郁易使人对世界关闭。

不认命，不是一种觉悟，而是愚迷；不是你的，求不来还徒加痛苦，不是痴愚又是什么？

干事，尤其是想干成大事，像刷牙一样，最重要的不是牙膏、牙刷，而是不断坚持。

有时我们自以为做得越多，得到的越多，机会及可能性越多，可有时恰恰相反。

舍不得放弃就没有发展，有实惠又有希望的东西易扼杀人的创造力。

气可致命。如一骆驼因小碎玻璃硌它一下而踢它，将脚踢出血，引来狼及食人蚁，而到死方明白：缘于跟一块碎玻璃生气。

年少时，妒是株罂粟花，极尽所能地诱惑人，让人害人害己。

帮人不求即报。

同情心是道德的基础。

正义是消极的道德，它讲的是人不能做什么；仁慈是积极的道德，它讲的是人应该做什么。

## 关于哲学

哲学是可看整个世界及人生全局的学问，一个有哲学思想、哲学基础的人，可拥有站在世外的角度来看人生的能力，故易超脱。

哲学不仅是智慧之学或爱智慧，更是生活方式的学问。

哲学是无聊老年与无知青年的谈话。

哲学是自然科学、社会科学的升华。

道家的文化精神：一是遵循规律（道法自然）；二是为而不争；三是虚其心（留余地、虚怀若谷）；四是正反转化（阴阳太极）；五是清静（为天下正）。

一切确切的知识属科学，超乎确切知识外的教条属神学，介于科学神学间有片双方攻击之域亦即无人之域是哲学。

为什么道家是中国哲学的巅峰？其黑白、平衡、虚实、转化等观点无不包含哲学的否定之否定、对立统一的思想。

为什么说中国没有纯粹的哲学？1. 没形而上的东西，多是道德学、政治学、礼仪学、交际学；2. 不系统；3. 关注的是世俗生活而非超世俗的精神追求。

哲学的追问不仅是知识的追问、头脑的追问，更是灵魂的追问。解决的都是些困扰着灵魂的问题。哲学追问寻求的不仅是知识，更是智慧，也即人生觉悟。

哲学的精神，就是一个人生活上的快乐。

哲学是种分身术，有哲学思考习惯的人就能将自己分成两个人：肉身的自我，奋斗、沉浮、痛苦、快乐；理性（精神）的自我，思考、觉悟。哲学就是让另一个自我强大，使他成为自己最可靠的朋友、最智慧的朋友。在竞争激烈的时代，哲学可帮我们在激烈的竞争中保持清醒头脑，为自己保留一种内在自由。

哲学是永远的追问，即对世界及人生的根本问题的一种永远追问。它始于怀疑，尤其是对世界观的怀疑与思考。

儒学是维护等级权力的哲学而非变革的哲学，故秦毁之而国亡，汉尊之而国兴。

哲学近于男性，诗歌近于女性。

哲学本身就包含着内在矛盾。如康德指出：由头脑（知性）来解答灵魂（理性）所追问的问题，必会陷入二律悖反。

哲学是无用之学，不实用之学。而不实用正是哲学的价值，无用之学恰又是大用之学。

哲学是一种自足的活动，是关注人的精神生活，满足人的精神需要的，是对世俗世界无用的。而中国人历来讲实用，故中国没有哲学只有哲思，没有哲学家，只有哲人。再之，哲学是精神生活的形式之一，故不关注精神生活，灵魂中没问题的人，不需要哲学。

哲学生活即爱智慧的特征：1. 关心人生及世界的根本问题，力求从整体、大处把握人生；2. 追求理性（真理）而非权威，如柏拉图：吾爱吾师，而吾更爱真理；3. 关注思想而非实用，从思想（精神）中获得的快乐远大于从物质中获得的快乐；4. 与现实生活、世俗生活保持一定距离。

哲学教人的是智慧，不是精明（聪明）。精明是利益的算计能力或获得能力；智慧是超越利益之上的，是一种总体人生态度；聪明是小智慧，智慧是大聪明；聪明让你单一成功、暂时成功，智慧让你永久成功、综合成功，还让你活得既积极又超越、通达、豁达、缘达、发达。

哲学的两个特征：面向整体，追根问底。

当代哲学两大流派：分析哲学及存在主义。这都是继承了康德的《纯理性批判》一书中的思想衣钵。

哲学中的逻辑判断力可分为分析判断和综合判断。判断分质的判断、反思的判断、必然的判断、概念的判断（最深刻、最高级的判断）。推论则是概念及判断的统一。

现象是本质的表现。

哲学是凌驾于一切科学之上的科学。

西方哲学研究了两千年才得出的结论：不存在自在之物。

哲学不仅是人的守护神，也是诗的守护神。

哲学是学会死亡的活动。因只有正视死亡与背景，才能从哲学高度提出和思考生命的意义问题。

西方哲学由理性走向非理性，由清晰走向朦胧，这是理性思维的表现。而中国以道家为最高表现形式的哲学都是朦胧的，这说明中国人的传统思维，在形而上方面始终未达到理性。

程朱理学（程颢、程颐及朱熹）认为理是万物本源，有理而后有气，“存天理，灭人欲”属客观唯心主义；而心学（陆九渊）则是主观唯心主义。其吸收佛教禅宗，主张“吾心便是宇宙，宇宙便是吾心”（南宋时最流行）；到后来出现了王守仁继承心学，认为“心外无物”“心外无理”直到清末都在“理”与“气”中争论。

对失去了信仰、宁静的现代人尤其是都市人而言，哲学是最好的避难所，可惜人们大多不懂。

哲学好比密涅瓦的猫头鹰，在黄昏后才起飞——先有古希腊艺术，后有古希腊哲学；先有“文艺复兴”艺术，后有人文主义兴起。

哲学是根树，有两个枝条：科学，艺术。自然科学研究的最高处却是哲学、宗教（艺术的最高处也是）。这三者是相通的，只有融会贯通了，才能做好。故大科学家、大哲学家、大艺术家必集三家及更多家于一身。

哲学是寻求天下万事之真理，而非一时一事之真理（那是学问）。

缺失哲学前提的科学、艺术及一切学术艺术，就像没有爱的性。

哲学、科学、艺术三者的关系：哲学在中间，一边是科学一边是艺术（美学），哲学让科学的思考更深刻全面，科学让哲学的思考更可信，艺术让科学、哲学更可爱。哲学既可爱又可信才是好哲学。哲学上有多少个哲学家，便有多少个哲学定义。但多数人认同的定义有三：一是关于世界观和方法论的学问，是对人生诸问题的深层思考；二是从整体上，粗线条地去把握、描绘宇宙人生的结构和本质，也即以天道、地道、人道为思考对象（上帝、大自然、人）；三是对一些基本前提和原理进行质疑和叩问，如人生的意义与价值，人生目的是什么？幸福是什么？

哲学，永远是人类精神发生大困惑、大迷茫、大尴尬、大苦闷的独白或自言自语，为的是寻找出路、瞥见光明。其本质，永远是人类精神返乡记。

哲学思考就是感恩，就是对苍天、对万古不语的闪烁星空、对神秘天地交叉点、对人类命运和人性、同哲学家诚实交谈的一声感激回答。

诗歌可使人得到一种对生命的冲动，而哲学，可使人得到一种生命中的宁静。情感苦闷时要读诗歌，思想渴望时要读哲学。

哲学、科学、诗，都能使人用有限的语言，去产生无限的感慨。

音乐是发出声响的哲学，哲学是无声的音乐。

哲学就是自己从舞台上悄然溜到台下，找个角落，作为一个旁观者，冷静看人生大舞台上的“戏”。

科学是求解，哲学是求深，美学是求悦。

哲学，是一代人提出恒新的问题并加以研读且无须给最后的答案。

美学、宗教、哲学三者关联处很多，但这三者的大成者往往都有战栗，而战栗不仅是这三者都有很深造诣的表现，而且是人性中最美好的部分之一，有之还可彻悟到更绝妙的事情。

哲学是一种高级文明状态，只有经过哲学审视的人生才值得过，只有经过哲学审视的世界才值得流连。

思考，尤其是哲学思考，是人生一笔很大的精神财富，也是最可靠的人生安慰。

哲学的最大特点之一是：能使人保持精神上的自足及自由。

哲学是哲学家或哲人个性、气质的直率表露，是长年累月对人生及整个世界所持总态度的总体的、惯性的反映。

哲学的功能之一是提出问题，拓展人们的精神视野，即拓展思维世界、观念世界，如同诗歌是拓展人们的心理及情感世界。

疯子的医学概念是神经不正常，疯子的哲学概念是思维不正常，其典型体现是重占有轻生存（生命质量及价值）。

哲学起源于人类的脆弱微小及对生命的痛苦、世界结构的惊讶。

什么是世界公民？非持有多国护照，而是有一腔世界痛苦，忧世界之苦难，是崇高的目标、使命感、悲悯心（先天下之忧）及意志造就。为“世界痛苦”的不仅仅是悲伤地看世界的悲伤，而是将世界予以哲学化及哲学予以世界化的前提，只对“世界痛苦”有悲悯心、使命感等还不够，还要有哲学思考、哲学深度、哲学的辩证，因这种“世界痛苦”是一种深沉、广大、深刻的世界痛苦。“世界公民”最重要的标志是看他是否在为全人类的前途和命运而担忧、焦急、行动。其余则是一国公民、一地公民和自然人公民。

德国为什么在废墟上复兴这么快？主因是有民族魂，如音乐的传统、好读书的传统，以及巴赫、贝多芬、康德、歌德、席勒、普朗克、赫兰、马克思等一批音乐家、科学家、思想家，尤其是普朗克的《宗教与自然科学》是民族魂的重要组成部分。

乌鸦与寒鸦有区别，乌鸦与死亡纠结，而寒鸦则是诗意与思考的象征，其比喜鹊深沉且有哲理。唐宋诗词中如将昏鸦、寒鸦的句子拿掉便会浅薄。乌鸦低沉的叫声给人深沉感，喜鹊叽叽喳喳的鸣叫造成了人的浮躁、浅薄。在国外的许多城市，许多乌鸦在到处飞翔，根本不怕行人，尤其是法国的锡比莱市上空则到处都是乌鸦，其更给人以哲理沉思的氛围，难怪法国哲人辈出。

一切深沉的哲学思考均要以大荒凉、大悲壮为背景。

“形而上之道，即在形而下之器中”，即形而上者为形而下者所固有，离开形而下者而独立存在的形而上者，是永远没有的。

地球上的一切生物，包括人类，都会有一种最根本的、最原始的无助感。

哲学、科学、艺术的极致都会叫人号啕大哭，如阮籍嗜酒放荡，或闭门喜书多日不出；或登山观水，竟日忘归，每至穷途便号啕痛哭——这是他叩问人生的必然结果。

哲学，就是从一个较高的层次回到原点。

疾病，在常人身上是累赘、是痛苦、是灾难，而在强人身上则是哲学，是修行，是顿悟。

天地玄机往往尽在花动叶摇之间。

禅空、道无、儒仁、佛忍，看似它们之间格格不入，其实有千丝万缕的联系。

遍察人间苦乐，便成一尊佛陀。

你有权利呼吸，就有权利得到人间的一切。

中国是部哲学史，某种程度上是部“心境创造史”。老子的“无为”，孔子的“中庸”，庄子的“逍遥”，墨子的“兼爱”“非攻”，郑板桥的“难得糊涂”，王阳明的“吾心即宇宙，宇宙即吾心”，六祖惠能的“旗动风动不过心动”，曾国藩的“好汉打脱牙和血吞”，诸葛亮的“鞠躬尽瘁，死而后已”，等等，都是心境。

在这个世界上，有用、无用永远是辩证而非绝对的：无用成大用，有用乃无用；有用是毒药，无用是解药；有用遭夭折，无用得大成。

“无”的最高境界是什么都有过的无，什么都经历过的无，什么都思考过的无，而非对人生的否定。如同“超越”，是受过酸甜苦辣、悲欢离合后，思想更深刻、心胸更开朗。“无”之道还可使人明白：人生现实中有那么多悲欢离合、升降沉浮、沧桑事变、恩怨情仇，在生活中碰到点鼻子底下的小事，根本就不值将之放心上，即做到“无”，也就是超越。

“人死了”这个哲学命题，指科学已研究出人不是宇宙中心；反之，人要尊重宇宙规律。

生存问题的解决，会立即给人带来第二个苦恼，就是生存的意义与价值是什么。生存问题没解决以前，精神生活好办，因之已经被生存问题占满。

世界上唯一能说得清的，就是“说不清”。

世界除“变”是不变以外，一切都是可变的。

世界原无和平，因和平只是两次战争的间隙。

真正的哲学就是讨论我们日常经常遇到的事情。

善于对身边生活现象和生命现象进行反思的人，会从哲学中得到很多乐趣。

对懂哲学的人而言，他的每一天都在进步，但人生的困惑并没有因此减少。

无善无恶是心之体（本体），有善有恶是心之动，知善知恶是心之良（知），为善去恶是心之尚（高尚）。

一念不善，便是恶行。

什么是哲学？从某个角度讲就是认识你自己。人类最大的疑惑就是无法认识自己。

“数即万物”，这是毕达哥拉斯所景仰的，常人难懂的哲学思想。

误解是人类的原罪，是一切纠纷之源，其主因之一缘于不懂哲学。

能实现的理想与不能实现的理想，究竟哪个理想更理想呢？这是人类千古难思得清的哲学问题。

追求宗教、艺术、学问尤其是哲学，如同花钱买醉一样，都含有缓解自我紧张与压迫的动机。而前三者有更高更复杂的动机，非一般人能做得到。而饮酒则较简单化、大众化、快速化。酒本身就是人类自慰的产物，故“酒是人类存在的、痛苦的象征”——醉醒后，人变得衰弱且踏实，正是此理。

自然，不仅是人类尤其是哲学的最高法则，也是大千世界的最高法则、最高境界。

事物对立的两个方面，正负、福祸、始终、强弱、虚实、刚柔（老子）。庄子则认为凡事相对：是也是非，非也是是。无是非界限；天下莫大于秋毫之末，而泰山为小，无大小之界限。

## 关于哲学家

尼采最重两件事：健康的生命本能、高贵的精神追求。

哲学家的特征之一：孤独。一个人的灵魂只要足够深刻，就会发现那藏在灵魂深处的东西，就是孤独。在真正的苦难面前，每个人的灵魂都是孤独的，你只能自己承受。

苏格拉底是一个为人生真理而牺牲的哲学烈士。

奢侈的生活强调服务，其实是奴役，它会让你活得很不自由。因人活得简单才能自由，如苏格拉底“一无所需最像神”，对人而言，也是不能自立的婴儿所需服务最多或行将就木的老朽所需服务最多。

真正的哲学家只是伟大的提问者和真诚的探索者。

年过七十之人，多是半个哲学家。

庄子提出的“一以己为马，一以己为牛”，即任人毁我为马牛，而毁诽不惊。

哲学家或哲人的一个明显特征，就是他的话总是一语道破天机，切中现象的本质及要害。

哲学家常不被当世人所理解，连将“追问头上神秘及心中神秘结合在一起”的柏拉图也被国君戏之为：无聊老人与无知青年的谈话，被贱卖为奴。

兼爱、博爱是哲学家的一大特征，为什么西方多出哲学家，基督教博爱文化是其根因之一也。如中国墨子兼爱到心中无父，才能是中国数一数二的哲人。

圣人、哲人往往喜欢黄昏时不点灯，在暮色苍茫中透过窗子去欣赏大教堂的高塔及上面的尖顶，尤其是尖顶中那种向上的动感，直指蓝天，这正是圣人哲人俯仰万机而淡然自若的一种灵魂状态。正如我一哲人朋友，最喜冬天的路灯下看天上的飞雪直入苍穹的深邃，给他带来无限的哲学思考。

哲学重“度”，哲学家就是研究及努力指出并把握人生世界“度”的人。

看清世界及人生本相的中国第一哲人是老子。尤其是老子的“天人合一”“自然”“无为”“寡欲”及“虚其心，实其腹，弱其志，强其骨”的哲学观点对后人影响很大。

大哲学家、大科学家往往都有一种对大自然的敬畏，这是我国大科学家、大哲学家没获诺贝尔奖的根本原因之一。

哲人的一生大多被三种激情所支配：对真理不可遏制的探求，对人类苦难不可遏制的同情，对爱情不可遏制的追求。

哲人与普通思考的人的区别：前者的哲学思考是传统的、深沉的、自觉的、下意识的；后者的哲学思考是零散的、肤浅的、不自觉的、有意识的。

“仁”对人很重要，如孔子曰：造次必于是（仁），颠沛必于是。即指成功靠仁，倒霉时也靠仁安然处之，依仁而安稳再起。

为什么老子倡“道法自然”，其实人间许多大道都包括在自然当中，如动物身上就蕴藏着许多道：狗无论遇多少欺凌，都能很快将痛苦抛却，热烈享受眼前的生命（细啃骨头或欢乐奔跑）；猫随遇而安，从不为明天担忧；鸟忙里偷闲，时时在欢乐中享受生命，如最忙碌的鸟儿也要停下来欢唱。

为什么佛家认为“歇即菩提”，因为只有停下来（知止、闲暇）才有可能进一步回头看自己，使自己觉悟。

哲学家不重答案，如同大智者不重结果。

亚历山大说：“如果我不是亚历山大，我就做第欧根尼，因大哲学家第欧根尼弄明白了人为什么活着。”

哲学的思辨活动是最自足自乐自娱的活动。它的非实用性恰恰保证了这种沉思生活的自得其乐，古希腊、古中国的哲学家（哲人）都有“以思想为至乐”的特点，如庄子化蝶之乐，颜回乐处，毕达哥拉斯发现勾股定理后杀100头牛庆祝。

哲学家多在辽阔处思考，其思维才能宽阔，包括在辽阔的星空下思考，故古希腊的哲学流派常有学园、逍遥学派等之称。

坚持是最大的智慧和能力，也是哲学家（哲人）的最大特征之一。

黑格尔是唯心的，但仍是全世界独一无二的，他毕竟在我们面前摆下了世界上最为丰盛的智力筵席。他认为在人类没出现前，就存在一种绝对精神，其是矛盾的、变化的、自我发展的，分逻辑、自然、精神三个阶段。对黑格尔，我等寻常的哲学爱好者能静下心来窥他凤毛麟角就很了不起了。

叔本华《意志与表象的世界》不是为转瞬即逝的年代而是为全人类所写，是其他上百本书的源泉。

伊壁鸠鲁认为：真正的快乐是肉体无痛苦，灵魂无纷扰。

德国及中国古时的许多哲学家、文学家、思想家首先是工人、农夫、士兵，然后才是文人。

康德的《纯理性批判》《实践批判》《判断力批判》三大批判一出

便引起了轰动，成了哲学家或哲学研究者的必需品。

哲学上的三座灯塔：赫拉克利特——我寻找过自己；普罗塔哥拉——人是万物的尺度；苏格拉底——未经思索的人生不值得一过。

精神探索比升官做王还有意义，如德谟克利特说：只要找到一个因果式的解释，也胜过成为波斯人的王。

哲学家与诗人，都不会虚度任何光阴。因哲人即使无聊中，他也能对之作一种心理体验或创作思考，哲学家与诗人在这个世界上永远是个主观体验者、冷静思考者、客观观察者。

哲学家是善于把握总体及大局的人。如在细节上不如技高者、专业者，但在总体上、高屋建瓴上却了不起。

大哲学家及大诗人是这个时代的发言人、代言人或代表人。没有大诗人的民族是没情感的民族，没有大哲学家的民族是没头脑的民族，没头脑的民族等于没头羊的羊群、没导航仪的远航船。

哲学家即用哲学观念来满足自己的人，是一心一意思考事物本质的人，是与天地之道相交感的人，是能呼吸宇宙精髓的人，是不好财货清贫乐道的人，是寻求世界终极原因的人——哪怕能找到自以为是的一点点原因，也足够他快活一辈子。

当代哲学家的最大觉醒是：由以人为尺度转变为以大自然为尺度，人也只是大自然的一部分。

哲学家的重要标志之一：童心未泯。

世界的诗结构或诗意莫过于宇宙的和谐，如二十小时自转、四季，以及春树、山雾、雪月、云雷，而不对世界诗结构有大惊讶的人，是不配做哲学家的。

以平淡的心，量身火热生活，是哲人；以火热的心，量身平淡生活，是诗人。

# 关于诗意地栖居

什么是诗意的生活？随性的、自然的、率真的、质朴的、简单的、情趣的生活即是。

慢生活不是磨蹭，更非懒惰，而是让位速度注重质量，让生活变得精细、自然、轻松、和谐、快乐，使之达到一种境界。

春天，要设法去郊外感受春风拂荫的青草与树叶将稚嫩与清香散播到四面八方的芬芳；夏天，要会享受酷热后雨的清凉，大地的苍翠；秋天，要会体味万物凋谢前最盛大的灿烂；冬天，要会欣赏雪的轻盈、迷蒙、笼罩大地，无人敢或不忍践踏的高贵。

道上红尘，江中白浪，胜他面南百城；花间明月，松下凉风，输我窗北一枕。居山中，临风弄笛、扫雪煮茶、卷帘看鹤，听松声、涧声、禽声、雨滴阶声、雨洒窗声……可与梅同瘦、与竹同清、与柳同眠、与桃李同笑……还有那花枝送客、蛙声催鼓，竹籁林喧鸟报更……这样的生活岂不比迎来送往、案牍劳形好得多。

赏心乐事多不用钱买，如东坡之清溪浅水行舟，微雨竹窗夜话；暑至临溪濯足，雨后登楼看山；柳荫堤畔闲行，花坞樽前微笑；隔江山寺闻钟，月下东邻吹箫；晨兴半炷茗香，午倦一方藤枕；开瓮勿逢陶谢，接客不着衣冠；乞得名花盛开，飞来家禽自语；客及汲泉烹茶，抚琴听者知音；等等。

诗意地理解生活，理解周围的一切，是童年尤其是人生得到的最可贵的礼物。

中国古人的闲情逸致：居则泉石花竹，诗酒棋书，清谈酬唱；行则披阅中壑，游戏草甸，濯清流以游鲤，坐茂林而观佳夕；含英咀华，识度闲放，忘情于珍猎之枪，畅志于清况之乡。真乃闲情不尽，画意无穷。

静卧听雨静打窗子、玻璃、屋顶、大地的声音，比10本教科书给你的哲思或哲理还要生动。如杨万里的“昨夜茅檐疏雨作，梦中唤作打篷声”；陆游的“小楼昨夜听春雨，深巷明朝卖杏花”。

美好或幸福或诗意的生活，在温饱基本满足之后便与物质无关了。关键是你的生活情趣及对细微生活中美的感知能力，如下二十几个方面则是美好生活的重要内容：1. 听昆曲等用小嗓音发出的清越之声；2. 常在空气清新的地方睡觉或停留，如林间、草上、水边、山中；3. 在偏僻乡间小停几天，在泥土上赤脚行走；4. 从厚雪或草地、河溪上爬滚；5. 松下听白鹭，溪边弹奏乐器或林中听音乐；6. 常能读到好文章，使己掩卷遐思或捶胸顿足、手舞足蹈；7. 常能听到令己感慨悲喜的音乐；8. 常能读到好书与友热烈幸福读之；9. 到异国他乡，海边远山沉思，感受空远与萧瑟之上无比纯净的美与清冷；10. 踏雪数小时，寻到梅花或与友在梅下雪上饮酒；11. 池畔安卧或静坐或读书终日；12. 冲浪与滑雪，享受借力使身滑溜与飞翔之乐；13. 按摩；14. 常见奇景：雪飞，夕阳，梅花，怪石，牛羊，奇花异草等；15. 趴在新春的泥土上嗅新草香；16. 林中读书累了在吊床或折叠床上仰望绿叶；17. 与红颜知己或知心好友在山林中漫步或郊外仰望星空；18. 在荷塘边徜徉嗅其清香；19. 在桂花树下读书；20. 与高人赏月；21. 与美人赏花；22. 节假日无纷扰地静静读书、思考；23. 做自己喜欢的运动且打了几个好球；24. 与好友或红颜论时事、探佛理、行酒令；25. 春夏之交去水田里插秧拔秧，与村姑对秧歌；26. 春夏去山涧枕溪，不觉睡着，醒来夕阳余晖金闪；27. 冬天躺在路灯下的车上借灯光看天上飞雪；28. 春夏租一船，带书、笔、乐器、酒等，漫无边际漂泊一天，或读书或写作或躺或仰或醉或醒或乐或清静。

人，时不时坐下来或走出去闻一闻花香，生活就变得很富足了。

江山风月，闲者便是主人。而也只有那些懂闲、用闲、会闲、能闲的人，才能更好地做自己的主人。忙人走得太快，会把灵魂抛在后面。再之，我们已经走得太快太远，以至于我们忘了为什么而出发。

左手茶，右手书；左手球，右手牌（桥牌）；左手知音，右手知己；左手乐（音乐），右手画；左手花，右手竹；左手笔（写作、创作、创造等），右手棋。这“六左六右”就是高人韵士的生活。

有花有树的生活，最令高人向往——那是自然的，悠闲的。因树是友情，花是爱情。树长在路上，花开在心头；树的淡定，花的心思。

废墟、夕阳、残垣断壁，都可养人浩然之气（天地之气），并使人深刻。

什么是真正的闲暇？除心闲外，还有内在的从容和悠闲来品味人生的乐趣。

休闲的含义是宁静、平和、永恒，与物质主义、行动、交锋截然相反，而沉思、诗歌、创作或政治辩论被古雅典人视为休闲的精髓。

在当今这个物质丰富的年代，有钱不如有闲，得半日之闲可抵十年尘梦。正如一哲人语：“在衣食基本保障的情况下，能自由支配自己60%以上的时间，最好80%以上的时间，去做职业外自己喜欢的事，那是一个人最大的成功。”

生活闲散与人生休闲或闲暇活动是两码事。前者是消极的，后者是积极的。

闲暇也是种享受，很多事情都因我们太匆忙而无法享受其中的快乐。

享受生活在田园与书香间：晴耕雨读、雾赏荷花、风观柳、夏听蝉、冬踏雪。

人淡花香，人闲水乐——问余何意栖碧山，笑而不答心自闲，桃花流水杳然去，别有天地非人间。

余闲，是人生的留白。

积极的休闲方式是闲平时之所忙，忙平时之所闲。

“忙”即心灵（“忄”）外加死“亡”；而“闲”的繁体字即在家门

口忽见月亮。

闲者便是生活的主人。

栖居终有一死，是人在大地上的存在方式。但栖居的基本特征是保护，而非掠夺和索取，即非纯粹满足自己的生存需要和生理需要。人诗意地栖居（海德格尔解读德诗人荷尔德林的诗作时的演讲题目）中的“诗意”并非指文字上或诗意上的诗，也非诗或画出现在居家中，而是意为生活得浪漫、纯真、善良。

城市咖啡屋（茶馆）是“空灵”或“淡雅”的象征，乡村酒店（包括城市）的要害是庸俗，热闹。真正的咖啡屋即喝咖啡（茶）应是诗意的栖居，哲学的沉思，心灵的空灵，人格的独立，情趣的浪漫，深邃的宁静，人生的恬淡及不为尘世浮生所动的坚守。

饮酒分饮人、饮地、饮候、饮趣、饮禁、饮闲。人指高雅、美、有趣之人；地指竹、花、阁、舫、山、荷、亭下；候指新春、清秋、雨雾、积雪、新月等最富诗情画意时；趣指抚琴、清谈、焚香、传花、听曲、对诗等；禁指要有好礼仪风尚，不粗、不俗、不秽；闲指饮后或登高、或散步、或垂钓、或对弈等。

## 关于灵魂生活

每个人都有灵魂，但没有灵魂的生活不等于说他没灵魂，正因为每个人都有灵魂，故没灵魂生活的人定会感到空虚。但这样的人对灵魂太不尊重，不肯花工夫将之充实滋润起来。而尊重灵魂只有两条标准：丰富、高贵。丰富即充实内在生活，具备从精神事物中获得人生最大快乐的能力；高贵即做人的尊严、做人的道德、做人的原则——灵魂的丰富是幸福的源泉，灵魂的高贵是道德的基础。

为什么女子中的坏人没男子多？除母性的善良等原因外，还有她们的眼泪多，因眼泪的用处不仅可流向眼部外，还可洗净我们内在的灵魂。

一个没有深度的灵魂，是要遭遇思想的探索及人生的磨砺的。

真正的富有是气定神闲、宠辱不惊、知足知止、丰富高尚的灵魂。

灵魂失去了庙宇，雨水就会滴在心上。

伟大的灵魂不需过多的陪衬，如托尔斯泰的墓只有一堆土，一块木板，上面写道：请将脚步放轻些，不要惊扰长眠的托尔斯泰。

身体的衰弱最叫人无可奈何——灵魂的高贵则是抗身体衰老的最好药物，因财权名的炙热充盈都抵不住病老的侵袭。

假如你正失去悠闲，就要当心失去灵魂。

没有自己灵魂生活的人，最终不会有益社会，即使有也是为沽名钓誉或达目的的手段。

对罪恶的人而言，灵魂是肉体的监狱。

对世界和人生的某种最高真理的寻求，乃是人类自身灵魂的需要。

坦荡而充实的灵魂足以承受任何命运的打击，也配得上命运的任何赐予。

理性与灵魂是两回事。理性是对付生存环境，实现的是一种工具价值；而灵魂是人的内在渴望，追求的是目的价值，即真善美之类的精神价值。

沉浸在痛失亲友的悲伤中是自私的行为。因都在围绕一个“我”字：我儿、我母、我需要。故不要在亲友葬礼上，打搅他灵魂上路。

稚子为何快乐，心无挂碍，因轻松的灵魂可专注肉体的感觉。

## 关于独处

孤独有两种，一种是病态的孤独，即心理学上的自闭症，这不算真正的孤独，只能叫孤僻；另一种是因为优秀，走在别人前面不被别人理解的孤独。优秀的人对孤独的体验更深刻，能从孤独中体验一种美，一种与天地的交流。

独处、读书是丰富心灵的两大途径，远远重于欣赏艺术、欣赏大自然。独处是过内心的生活（心生活），这是人最重要的能力，远比会交往重要十倍。试想一个人不喜欢独处即不喜欢与自己在一起，和自己在一起就难受的人肯定是没内涵的、浅薄的、不幸的。

一个人能否独处，是体验他有无灵魂的标尺，没灵魂的人，是不能独处的。

读书、写作、思考、听音乐、仰望星空、留恋大自然都是很好的独处形式，关键是心要静。

孤独是灵感的催化剂。

孤独是心灵的花朵，宁静是生命的醇香。

对珍爱生活的人而言，独处是一种神圣的需要。

体验独处很重要，人需要有宁静的时间。

成熟，是让孤独更深的东西。

朴素的花善成群结队，美艳的花都喜幽然独处。再如人参、雪莲这高等植物无不喜幽生或独活。

# 关于精神生活

不会利用逆境及转境的人充其量只能活半辈子——一个人活在多灾多难的万变的世界，必须为自己找到一个牢靠的支撑点和志不可夺的精神寄托，否则难以度日。

书店，咖啡屋，酒吧，音乐厅，是精神放浪之处。

人，太享受了就不易有精神。

精神可变物质，更可影响物质。如枚乘在《七发》里让楚太子所铸的阳气，更多的还是精神层面上的，使之“论天下之精微，理万物之是非”，刹那明白了人生的意义及进取价值，并被自己以前的沉溺吓得大汗淋漓，积毒至深的身体也即霍然而愈。

“英雄回首即神仙”。故不少盖世豪杰、名王宿将，在彻悟人生、名心荡尽或面临致命威胁、走投无路的时候，常会选僻地涵天的避难所或超脱地隐居。其实，神仙只代表一种超乎形骸之上、物欲之上的向往，是生命的升华，精神的超越。

觉悟两字中有“见”有“吾”有“忄（心）”，三个字连起来即“见我心”，就是看见自己的心，关注自己的内心世界，做精神贵族方可觉悟。

最大的危机是哲学危机，这个危机并非生存危机而是思想危机，即精神危机。

在物欲横流以权钱论英雄的时代，只有极少数高居于精神之巅的人，才能看轻世人之所重、重一般人之所轻，追求一种逍遥于天地之间而心意自得的悠然境界，即精神境界。

精神之于人的重要性，如同房子中空间与墙的关系。墙是有形的房子，而人却不能住在墙上，只能住在空间里，因生活中往往是无形的东西决定我们的生存，对我们很重要。如空气、精神、灵魂、价值观，等等。

以“自度度人”的精神，做“自利利他”的事业，才能将人生的事业做大。

精神的也即神性的，多是慢的、低的、轻的，尤其是慢，它是神性的前提。

能否看到自己的信念实现不重要，重要的是终身坚持践行信念，如孔子没看到自己的信念实现，成功不必在我，成功其中有我即可。

对身外之物看得重的人，精神必痛苦。

只有漫长的等待，心中才有深刻的喜悦。

精神追求的最大德行就是耐心。

人类力量的精神力量，是大自然中最强大的无形的力量，世事的变迁，只不过精神事物而已。推理是精神的过程，观念是精神的孕育，问题是精神的探照灯，哲学是精神的有机体。

天堂是什么？是一个人的精神家园、精神乐园、精神王国。离天堂的远近，即能否上天堂是用精神上的丰富程度来量。只有简单、单纯尤其是如孩子般单纯（少物欲）的人才能上得了天堂。这个单纯并非天然的单纯，而是智慧的单纯，如老子的“大智如稚子”。物质越多物欲越强，离天堂越远，富人进天堂比骆驼钻针眼还难。

精神生活的两个基本特点、三个基本形式：非功利性、超限性；宗教、哲学、艺术。

在精神王国里纵马驰骋、浴血奋斗的人都是孤独的。

有精神追求原本是人高于其他动物的根本区别。

阅读、冥想、崇拜、善行都能使精神成长。千万不要忽视精神，因你整个生命就是趟精神旅行。

心灵桃花源很重要，这里如无枝繁花香，你的人生一定枯朽。

人就是他所吃的东西（费尔巴哈），尤对精神食粮而言，从他的读物可判断他的精神品级。

精神拾荒（也即快乐人生）的三部曲：学习、思考、记录（包括创造）。

一个民族，只有拥有一批以精神创造为乐的人，并以拥有这样一批人为荣，这样的民族才有希望。

技艺爱好只能作自身的精神生活形式，不能作人生价值所在，否则都因急于成功、出名而失去乐趣、失去意义而变得可怜。

与人生最宝贵的东西打交道的只有两个行业：医生、教师。医生对象是生命，教师对象是头脑和灵魂。故这两个职业都需人文精神。

梁启超在读曾国藩后感慨："非向道之人不堪重任。"即一个精神生活不丰富的人一定是一个狭隘、刻板、极端的人，是一个没有足够强大的心力及意志的人，这样的人如何担得起重任。

格局是一种气度，是一种情怀，是心灵的山高水阔，是精神的天澄地明。格局大，人的内心就会宏阔，精神就会逍遥，灵魂就会奔逸自由。格局不会在逐钱追权的人那里找到，只能在恬淡心境里产生。欲望是格局的天敌。

这个世界上原本没有绝对的强大与弱小，有的只是思维与精神的辽阔与狭隘。

人虽应重精神轻物质，但凡事不能走极端，只谈（重）精神的人生是对生命的浪费，这种人生最终也很难让人内心平和；没世俗之乐（感官之乐、物质之乐）的人，即使再高尚也很让人产生怀疑；只有世俗名利的人生更不完美，精神上的缺失将不仅使厌倦与你同在，而且困惑也多，心理更不得恬静，更重要的是由于探究不透许多人生问题，你将有更多的世俗痛苦或心理煎熬。故能倾心享受生命中精神与物质华美的，才是人间天堂。

# 关于智力生活

能让人日日提升、成长、智慧的东西，只有读书，人的神经在这精神盛宴、精神狂欢中升华。

知一个人如何思考就可知他的未来。

我为何热爱写作？因我每写一本书就是做了一个梦。梦分两种：夜里梦及白日梦。为什么我怕丢失未出的书稿，丢了再构思不出来、回忆不出来，也不愿再写，因梦是不能全部回忆及不能重复的，但我因总在梦中而快乐。

人们感到痛苦的，不是用笑声代替了思考，而是不知为什么笑及为什么不再思考，如此便丧失了清晰的判断与解读，成了海量资讯和肤浅潮流的附庸即庸众。

思比知不知要重要多少倍，如朱熹的书斋叫“恐闻”，唯恐闻多而不思、不化、不华（升华）。

思考的一个表现是善问问题，尤其是问己问题，有些问题不仅带来知识，还带来力量及好心情，如拥有什么，自豪什么，感激什么（应感激生活，因生活的每天对我们都是珍贵的礼物），怎样有活力（微笑、鼓励人、运动），如何换角度看问题（问题并不重要，重要的是看问题的角度、态度）。

思考能使人充实，尤其是思考重大问题时。

真正的写作、创作都是为安顿自己的灵魂，而非功名利禄。对有灵魂的文字，一句话就能读出一个人的血性慷慨，一看文字就能触摸一个人的内在。

只有不停地写，不停地读，我才能感到一颗流浪的心加入到了青春的合唱队列。

当文学或艺术的新思想与想法或画面像电光石火似的从意识深处迸发出来时，必须立即将之写下，否则像闪电一样消失，因它是思想的君临。

做学问要大胆假设，小心求证。

做学问要在不疑处有疑，待人要在有疑处不疑。

独立思考的能力是大自然不可多得的恩赐。

思想决定语言，思想决定行动，思想决定习惯，思想决定性格，思想决定命运。

思辨之威力无穷。

为什么思考（想）决定命运？当你种植一个思考的种子，就会有行动的收获；当你将行动种下去，就会有习惯的收获；当你再把习惯的种子种下去，就会有个性的收获；当你再把个性的种子种下去，就会有命运的收获。

思想能使地狱变天堂，抑或使天堂变地狱。因有什么样的思想，就有什么样的行为，人有什么样的行为，就有什么样的人生。

身无半文，心忧天下。

做人要知足，做事要知不足，做学问要不知足。

少而好学，如日出之阳；壮而好学，如日中之光；老而好学，如秉烛之明。

才不胜今人，不足论才；学不胜古人，不足论学。

寂寞本身不易得，能品味、欣赏、耐得寂寞之人定是高灵性之人。因寂寞本身难得，尤在当今社会，凡俗之人只要有法子通过交往排遣寂寞，就不会以书排寂。

坐飞机是思考的好时候之一，因在高空思考有奇特的张力，如《要塞》的作者圣爱克苏佩里一生只做两件事：飞行与写作。

对我的思想及作品，我期待强烈的共鸣，也欢迎严肃的批评。

只有能思考的人才有知道的能力——那些生活在谎言下的人们，是根本没有能力思考的。没有思考的结果，人们只能像蜂虫或螃蟹一样跑来忙去。

学而不能致用的人，是一头背着书的驴马；蠢驴才不知背上背的是书还是石头呢！

知识的投资是最好的利润。如一个人将钱倒进脑里，没人能偷走。

昨天的思考成就了今天的我，今天的思考必将引导、塑造明天的我。

丰实的精神，良好的教养，才是一个人自尊的本钱。

欧洲最伟大的传统，是为了知识自身的价值尊重知识。如毕达哥拉斯发现了勾股定理而杀了百牛摆宴，虽然这个定理可对他没任何实用，而他感到的是智力活动给他带来的巨大喜悦，将心智活动的运用、知识的获得看作最大快乐，这确实是欧洲的传统，也是欧洲一度领先世界的根本原因之一。

# 第三章 恋爱婚姻家庭篇

# 关于男人与女人

男人比女人更需要爱，因女人是男人的软肋。

天下男人最爱的女人是女儿，女人故不要指望老公像老爸那样爱你。

男人爱用眼睛看女人，故易受美的诱惑；女人爱用心去想男人，故易受心的折磨。

男找女很少用心思索，女反之，女人的一生听不烦的是“我爱你”，男人的一生想不透的是“我爱谁”。

世俗男人追求的高境：醒握天下权，醉卧美人怀。

在聪与美之间，女人爱前者，男人爱后者。

女人越老应越自信，每个年龄都是一次新生命；不是你要穿得多好、打扮得多入时，而是要自然。

“六高”男人太少了：高学历（这里指文化而非仅指文凭）、高收入、瘦高个（注意这个“瘦”字，因肥胖是欲望、贪婪、不节制、不理性写在脸上的罪）、高雅、高风（亮节）、高尚。

痛苦是男人必须经历的东西，但对有理想的人它能转为营养。

激素是一切罪恶的根源。一个男人的激素旺了，必设法发泄于运动、创造、战争（斗争）、赌、酒、女人中。

找个层次相同又说得来、信得过的朋友实为不易，故现代人多数是寂寞的。但对异性例外：男人用美貌与青春、女人用金钱与权力补彼此的距离。

权力是男人的春药。

真正的白富美：洁身自好为白，经济独立加所得大于欲望（知足、不攀比）为富，内外兼修为美。真正的高富帅：远见卓识、成长重于成功为高，大爱于心、福泽众生为富，智勇双全、有气节有担当为帅。

男人是一粒尘埃，是女人让他变成一座山。

男人之于女人，应是满足和被需要。

易幸福的人，尤其是女人，定是懂得欢乐及感恩的。

一秒钟虽然很短，但它足以能够让有情人告诉另一方：我爱你。

像女人的女人，才会拥有女人的幸福。而女人须本色、朴素、自然、柔善及充满爱心，才像女人。

女人最大的赢，是赢得悠长的岁月；男人最大的赢，是赢得健康及倒后的再站立。

男人的风度首先体现在不容易与人发生争执，尤其是与家人。

聪明的女人将男人变成大男人；聪明的男人将女人变成小女人。

女生到社会上会遇到比学校更优秀的男生，男生到社会上则很难找到比学校更优秀的女生。

真正优秀的男人一定是朴实无华的、谨小慎微的、孤独的，因只有静才能生智而非生急。

“森女”即简单、自然、清新、享受当下的女性，可现在到处是“猎女”：将自己当猎人，将钱（包括化妆品、衣饰）及好男人（丈夫）当猎物。

做女子要明媚，可以不漂亮，但要以优雅之姿去摸爬滚打、笑对一切；做男子要丰盈加深刻，可不成功，但要不浮不躁不庸不俗，以只争朝夕之心态去奋斗成长。

男人的精神层次，是女人爱这个男人的原因，且是能长久爱他的根因。

中国的女性大都论男人的钱（权），很少谈论男人的线条，即忽略了当今许许多多的男人以腰围的增长和健康的损害为代价的不智慧。

女人像只鹿，总在你面前跳来跳去，只有有能力者才能抓住她的犄角。

男人不是女人的天，婚姻不是女人的山，女人只有从婚姻（男人）的依赖中走出，才能扬眉吐气。

女人永远是男人的天敌，对任何男人而言，如果你觉得有100%的把握对付一个女人时，你倒霉的日子将要来了。

一个男人要被四五个女人伤害才能成熟，要感谢那些离开（伤害）你的女人，因她用最美好的时光来教育你。假如她认为你做自己的事冷落她而离开你，你更应庆幸你离开了一个没有眼光的女人。

女人易担心自己的前途，直到她嫁了个好老公；男人不易担心自己的前途，直到他娶了个老婆。

女人想要什么一定要说出来，暗示男人永不会懂，而多少争吵又由此而生。

吵架时男人一定要让女人说最后一句话，否则又将开始新一轮争吵。

对爱的女性，心灵拥护外，嘴还要涂蜜，甜言才能挤进女人心中，因女人是听觉动物。

女人长得漂亮不如活得漂亮。长得漂亮只是年轻时的事，活得漂亮是一辈子的事。仅靠长得漂亮老时必悲，因“如花美眷，也敌不过似水流年”。

女人应二十而美，三十而强，四十而贤，五十而润；男对女应二十而慕，三十而助，四十而敬，五十而赏。

易毁男人的女人的表现是：攀比、欲望高、不知足、消费不切实际。

导致女性离开你的10点原因：1. 撒娇时不热烈反应，反指责；2. 见她知心女友过热或不理；3. 带她在社交圈时只轻描介绍，不强调她的优秀品质；4. 好吹多少女人对己有意思；5. 孩子不佳归于她；6. 枕边话传给另一女性；7. 看电影电视她热泪时，你无动于衷或睡或责；

8. 不努力上进，职务收入五年以上不动；9. 拒逛街还拒为她付账；10. 嘲笑她心中的男性偶像。

女人反比男人经得起考验。

女人无外乎两个表情：笑脸及眼泪。

征服女人的两条必由之路：讨好她妈、超越她爸。

女人无故乡——她心爱的男人的故乡、孩子在的地方就是她的故乡。

好女人能使男人安静，好女人能使男人上进，好女人能使男人幸福，好女人能使男人善良，故一个好女人就是一所好学校。

男人讲功名，升一级不得了；女人讲爱情，为他牺牲一切都可以。故女子值得尊重、值得爱、值得崇拜。女性也必须有爱、得到爱，才能有幸福感。

事业有成的男人，会让女人以一种仰视的姿态去欣赏。

最差劲的女人不是最丑、最胖、最小肚鸡肠的那个，而是对自己和整个世界失去好奇心、停止学习、枯燥无味的那个——无论她多年轻、多漂亮、多高学历、多高贵的出身。

头发是女人的第二颗心。能让女人把头发放下的男人，通常也能把她的心捧上。

男人爱女人的现状，女人爱男人的现状及潜力。

最好的女人是气质如玉，人淡如菊，而非空有好皮肤。

欧洲古时也有贱视女子的表现，如亚里士多德认为：女性之所以为女性，由于某种优势品质的缺乏；毕达哥拉斯说：“善法创造了光明、秩序、男性，恶法创造了混乱、黑暗、女性。”

每个女人都是一颗钻石，一定要经过无数切割（伤害、打磨），才能闪闪发光。

好女人像汽油，一旦拥有就有动力；坏女人像气球，一旦用上就有危机。

女人是和谐社会的源头。

女人最大的情敌有三：不是第三者而是岁月、低素质、无女人味。

女人的优雅比美丽重要，她们无论再老，也像刚刚摘下的郁金香，虽无朝露，却不乏芬芳，并且她能丰富得让你吃惊，从容得让你陶醉，温情得让你失态。故优雅是女人一生需学习的，也是美丽的保证。

女性体内有一种基因：在婚姻遇挫时便想改变。

男人在打猎（在外打拼）上，比女人有更多的智慧或机智；女人在抚养孩子上，具有远远高于男人的耐心、爱心、技巧。

女人，长得如何终究是有限的、短暂的。无限的、久远的，是通过长相及言谈举止表现出的生气、活力、柔善、品位、灵韵。

男人是野生动物，女人是筑巢动物。

一个女人的老去绝不是从身体开始，而是从心灵尤其是对待自己身体的态度开始。

女人是天生不可捉摸的生物。

低素质的女性别奢想或妄想通过婚姻改变命运，如灰姑娘嫁给王子后，只不过换个地方擦地罢了——没素质的女性嫁给谁，都别想改变“擦地”的命运。

女人放开男人的脚，才能拴住他的心；男人留下女人的心，才能拴住她的脚。

女人的定力是了不起的，其更具安静、柔和、圆润、包容。而美女应是集女性好品质的大成者。

女性优美的身姿胜过美丽的容貌，而优雅的举止又胜过优美的身姿，因优雅的举止是最好的艺术，最动人的美。

做一个男人，最重要的是“经得起”，其包括失败、委屈、横逆、贫贱。

男人要做大海，包容一切；男人不能怕苦，对疾苦要举重若轻；男人应是一座丰碑，上面刻满战役及无数勇士的名字；男人应经过无数炼狱般磨炼，才能显其成色，百炼成钢。

岁月能带走一个女人的青春，却带不走她在凡俗琐事里沉淀下来的爱与美。

人性中一项单纯的矛盾：男子总想和善良的女子结婚，却又暗地里向往可人的、妖冶的美女。

男人心灵的地狱：既是旁若无人的漠然者，又是恐怖战栗的孤独者。

男人的最大失败是赢得了世界，反失去了自己——自己的个性、人格、健康、亲情、爱好、情趣、思考等。

男人总是在醉酒时想结婚，女人总是在清醒时想结婚。

女人看重男人的明天，男人看重女人的今天。

有品位男人最幸运的事就是能得一既有魅力又有理解力的灵性女子。如东坡之得朝云。

女人在婚姻上的最大错误是上半辈子当小偷，下半辈子当看守。

抢到优秀男人的女人，无论他是丈夫还是情人，总会处在担心、惊恐或男人外遇的苦痛中——富有或成功的人总要多几分风险，谁让你占有稀有资源呢?

女人的爱如果以让男人付出很多自由为前提，不仅爱成了枷锁，而且没几个男人能受得了，且受得了的也就不是优秀男人了。

男人，由于狩猎而成的本性导致的见异思迁为根因的外遇，实为“感情旅游”，诱其出轨的另一根因不是她的好，而是不同。可惜不明此理的女人往往纠结于她“哪点比自己好”。再之，从渴望出游（轨）到渴望回家都是人的本性，游而不归通常都是小概率事件。

关于男人对女人的心态，如同一个艺术品或美丽之物，有的是欣赏家，有的是收藏家，有的仅是想占有而已。

有品位的、有深度的人会喜欢好女人和好书。

男人优秀到极处显女人气质，女人优秀到极处显男人气概。即男人的阳刚、力量之美中有温柔的表达，女人的柔善中有恢宏的气度。

仅有一张漂亮脸蛋的女人，一是只能吸引浅薄的、低素质的男人；

二是她得不到真爱与久爱；三是往往以始乱终弃、红颜薄命为结果。

女性对儿童有天然的喜爱与理解。

女性对小事和事物外表易烦恼，但对重大事情格外沉着。

历史上的红颜祸水都是男人的臆造，为什么夏商周三代坑君的美女干事都一个路数？哪个君王、英雄、成功人士身边少美女？真正的祸源则是君王（男人）自己。

女孩富养虽然可以减少短缺对她的诱惑，但会引发女孩对物质的更大渴望。

美妇多是药丸子，外表光鲜，内心很苦。而最美的妇人常用自制的毒药来对抗外界更大的荼毒与摧残。

男女都应有密友，但人数不能太多，男性密友最多不过 4 至 5 人，女性密友最多不过 5 至 6 人，每周见一次，可提建议及得到情感支持。

女孩能安静等待是美德之一。

男人一半是女人，娶什么样女人，追什么样女人，也反映这个男人的品位。

男人只有在一无所有的情况下，才觉得女人重要。因男人是在失去一切之后，才觉得尤其不能再失去女人，而女人是在不断失去的过程中，就明白了男人对自己的重要。

在女人的意识里，易将男人神化，这是女人之所以是女人最可爱的缺点。反之男人则易将女人物化，如男人在追女人时往往不是追女人、追爱情，而是追爱物，最典型的是将女人称“尤物”，最直白的是刘备曰：兄弟如手足，妻子如衣服——值不了几个钱的物。

比银子更宝贵的是金子，比金子更宝贵的是珠宝，比珠宝更宝贵的是钻石，比钻石更宝贵的是一个好女人。比一个好女人更宝贵的事物，在这个世界上还没有出现过。

男为阳，男人的阳之法是自强不息，忙碌奋斗不止；女为阴，女人的阴之法为厚德载物，温顺受纳坚忍。

人，都喜欢自己能掌握的东西，如男人爱车，女人爱玩偶、宠物。

脆弱的老男人要红颜知己，多情的老女人要完美的性。

男人太成功而易虚伪，太成功而易堕落，太随意而易花心，太富有而易成废物。

懂女人的莫过于曹雪芹，懂男人的莫过于张爱玲。

再强的女人也要有人爱，这是女人的软肋。

“安”即房子里坐着你心爱的女人——无心爱的女人不能“安”也。

每个成功的男人背后都有一个女人，每个不成功的男人背后都有两个女人。

女人会把一切女人当作自己的竞争对手，而男人只与同行业的人才有此感情。

女人，无论你多累，都要给拖着疲惫步伐回家的男人一个温柔的拥抱。这不仅是在拯救他，也是在拯救你的生活。

每个女人都是潜在的女神；女人的使命，就是活出你的女神。所谓女神，就是活得出神入化，上天入地，死去活来都幸福。

男人爱看好的，故女人天生爱打扮；女人爱听好的（甜言），故男人天生说好话。因美色是男人眼中的谀言，谀言是女人耳中的美色。

再高明的男人也无法窥视女人的境界与内心。

迟暮的男人不在乎女人的美貌，而是在乎女人的年龄。

男人喜欢单纯、傻傻的女人，太通透的女人，男人有点怕。

女人修炼的双拐：反抗与臣服。

现代社会对男人重要的是才干、勇气、魄力，细节可忽略，事业成功了可一俊遮万丑。但对女人而言，大节重要细节更重要，细节可决定女人瞬间的成败。

男人是坚强的一半，女人是美丽的一半。美丽比坚强难，坚强允许有缺陷，美丽则要求完美。

温柔是女人的第三性征，连马克思也说：“女人最好的品德是温柔。”

男人喜漂亮脸蛋，女人喜甜言蜜语。故女人喜化妆，男人喜撒谎。

婚姻如两人下围棋，如段位越近切磋就越长，这个段位乃学识、修养、性格、出身等。

## 关于爱情

爱情是两性关系的最高形式，但又违人性，因人伦理上、精神上、道德上进化了，生物性即生理机能并没改变，性的指向仍是广泛的，求异求变，这就有了情与欲的纠缠。

有时远在天边的爱就是近在眼前的恨。

真爱无怨。正如古语云：爱能遮盖别人的罪，遮盖了别人的罪，往往也避免了自己的悲剧。

粗俗是情人之间的抒情诗——任何东西都有两面性。

爱情以性本能、性欲为生理基础，以从肉欲之爱上升到精神之爱为目标。爱情包括性欲但性欲并不等于爱情。性欲是指向整个异性世界，而爱情则是特定的对象；性欲是种生理需求，爱情则是审美情感——从欣赏美的形体到欣赏美的心灵和行为。

真爱是让对方快乐且只想付出，否则就是性欲或交换而非真爱了。

在相爱的两人中成败与共，在相恨的两人中，一方的成功是一方的失败。

莫问前世姻缘，休管来世因果。你爱我爱，便是人生福祉。

爱，是呼应；爱，是无端的思念。

遇见了爱定要珍惜，它不像别的，今天放下了，明天还有。

人们接触的时间越长，越可发展成为友情及爱情。

爱一个人，不是给他（她）你能给的，而是给他（她）想要的。

爱情的定义是：受折磨的幸福过程。因男女真正之爱便包括了甜和苦的全部，你接受爱、享受爱，就意味对甜和苦的全部承担。

小时候，觉得爱是牵住彼此的手；长大且成熟后，觉得爱是发现彼此的好；觉悟及智慧后，才发现爱原来是接纳彼此的不好且成全彼此的心。

无论多么伟大的爱情，都不能忽视现实的需要。

爱是什么？是给予与包容，是送人玫瑰手还留有余香的一种欣喜；是海纳百川的一种气魄；是不求回报，坚持一个人将爱情进行到底的一种执着。

爱情如同手里的沙子，抓得越紧，越易撒落丢失。

真正的爱，不是占有一个人，而是发自你内心深处的一种爱他、利他的精神状态。

令人不能自拔的，除了牙齿还有爱情。

爱情是一棵洋葱头，你一片片剥下去，总有让你流泪的时候。

爱情使人忘记时间，时间也使人忘记爱情。

同性交往易生阴谋，异性交往易生爱情。

爱情与婚姻往往是分离的。现实中更多的是：爱情付给了你，婚姻留给了他。

爱情里最温暖的16个字：我在，别怕，别哭，我懂，爱你，再见，等你，晚安。

真爱一个人，就不会将他理想化。爱意味着接受他的失败、愚昧、丑陋，在不完美中找到完美。

爱了，让她（他）自由；不爱了，让爱自由。

真爱一个人，必须给他自由：爱的自由、不爱的自由；相守的自由，远离的自由。因错过只是一时的遗憾，禁锢却只会痛苦终身。

恋爱的人多是变态的。你看“恋”字，即“变”的上一半，“态”的下一半。

西方的爱情是强烈开放的花朵，东方的爱情是两朵花间微妙的芳香。

什么是爱情？我心里全是你。

如你能当面、背后说出配偶的许多优点，那么你就学会了爱并能收获爱。

爱的定义：被对方的魅力所吸引，因而产生一种强烈的思念及爱慕之情。

爱情悖论：得到的不是最爱的，最爱的又是得不到的。爱一个人到什么程度，通常在分手时见分晓。

爱情始于相遇，生于经营，死于算计。

彼此相爱的最好方法：从对方错误中找出自己的责任。

爱一个人，等于交给与我们对峙的世界一个人质。因爱你等于将自己当人质交给你：你有伤害我的权利，抛弃我的权利，冷落我的权利，而别人都没有。

爱情、功业、文才、道德（修养）、长寿集一人身上，古今中外尚无一人。曾国藩只有三：立功，立德，立言；曹操只二：文才，功业；苏轼仅三：爱情，文才，道德；张学良仅三：长寿，功业，爱情。

如你爱上两个人，就选第二个，因你真喜欢第一个，就不会再爱上第二个。

人们往往记得自己单相思的初恋是谁，却很难知道是谁暗中初恋自己。

爱情很美好，现实很残酷。

珍珠是爱的结晶，是蚌给它磨砺、给它营养。

年龄的增长不能使你免受爱情的伤害，但爱情的增长却能在某种程度上使你免受年龄增长的伤害。

伟大的爱是伟大认识的女儿。因一个人的激情越强烈、越充沛，认识就越深刻。

真爱能闻到他身体深处的味即生命之味。

爱，就是别人看到你缺点后，仍会留在你身边。

关心对方甚于关心自己，那自然是爱的具体体现。

世界上有些人没结过婚，但世界上的每个人都爱过。

爱，是对等的、对称的。

爱情无不从动情开始，从无情结束。人性本能中性吸引的多向性与爱情的专一的冲突是人类的两难选择及永恒的矛盾、冲突。

爱之高境界：相爱，相奖，相印。

真爱，就不会害怕离开。

平等是爱情的开始。

找到真爱的前提是找个懂你的人，因为他（她）懂你，故他（她）觉得你可爱。

爱的能力其实是造就对方的能力。

真爱不讲任何条件，大爱不附任何条件。

爱，是最柔弱的坚强；被爱，是最近的遥远。

爱情需要争取，婚姻却得学会放弃。

没有爱错，只有做错。爱情只是招式，婚姻才是剑法。

人生中爱可能不止一次，但与自己携手走过婚姻的，只能是一个人。

当爱与恨过分热情、执着、深刻时，会像纸一样脆弱。

成熟的爱是因为爱才需要你，不是因为需要你才爱。

爱情有一定深度、长度，一般 5 年、7 年发痒，10 年疲劳。

爱就是“执子之手，与子偕老”。

对爱的创伤如树上刻字：微小的开始长成巨大的创伤。

因为爱而爱是神，因为被爱而爱是人。

爱的选择基于差异，而爱又要求平等，这是始终折磨着人类的亘古问题。

艺术家或有艺术气质的人比常人更易坠入情网。此类人易将形式当内容，将内容当形式。

世界最令人担忧的爱情，不是不可挽回的分手或出轨，而是不知不觉地疏远、冷漠或无疾而终的消逝。

缘分只是彼时彼地的感应，不是此时此地的找寻。

情和德都要适可而止，过犹生恨或祸。故有大智者言：情之有度怡人悦己，德之有度人情练达。

爱是一种精神素质。

一切喧嚣的事业及太张扬的感情都是不能持久的。

爱情半球理论：男女各是婚姻中的一个半球，但直径不一样故难滚动，直径差小的在滚动中磨合了，大的滚动中分开了。

恋爱是种疾病，要靠生活来治愈。

爱不能考验。

爱的本质是渴望完整，这是恋人常拥抱的深层原因。拉丁文中的“性”原是切割、分离之意，于是被切割分离的男女为寻找原属于自己的另一半而愁苦、惆怅、彷徨了一生。

爱情就是没有安宁的幸福，它包括了烦恼、痛苦、折磨、焦虑、担心、害怕和牵肠挂肚、坐立不安、吃不下睡不着，甚至肝胆俱裂为之生死。其实，从某个角度讲，爱情就是让你坐卧不安的那种幸福。

第一次是难忘的但不是最好的。初恋的失败对一些人是地狱，是沉沦与滑坡的起点；对一些人是智慧与启蒙的开端，往往失去了一位异性而得到了一个新世界。

失恋的最好季节是秋末冬初，树上只剩几片枯树叶，更有那“无端崖木萧萧下，不尽惆怅滚滚来”之感。

爱情只是男人生命中的一部分，却是女人的全部即生命的整个存在。

情书在本质上是梦境状态下灵魂的宣叙和吐露。对有层次、有文化、有境界的女子而言，结婚可不要戒指，但不能没情书，没情书的女子是悲哀的。

友情与爱情都讲缘分、季节，故智者不会勉强，随缘而来去。

对爱而言，激烈的快，平和的也快，甚至颓废的也快。

爱也是双刃剑，它可让没修养的人或文明程度不高的人面目狰狞，行为无度。

大自然、音乐、爱情是保持青春活力的三大法宝。

经营爱情重要的是沟通、体谅、包容、自制、赞赏，为之未来着想。

## 关于婚姻

婚姻也可不是围城，只要你不想出“城”，那里就成了天堂。

对婚姻而言，只要男女从前门进去，快乐就从后门溜走。

“三平男”（平凡的长相，平均的收入，平稳的性格）是婚姻稳定幸福的基础。而“三高男”（高个子，高收入，高学历）的婚姻一般而言则多危险。

女人找对象时应注意：凡迷烟酒赌者，一定要小心。

共享价值观是爱情、友情尤是婚姻的基础；许多矛盾都是由非共享价值观造成的。

安全感是婚姻质量的第一要求。

婚姻中最折磨人的不是冲突而是厌倦。

婚姻本身就是一种有缺陷的生活。完美的婚姻是恋爱时不智慧的人想象出来的，过分向往及追求完美的婚姻，如同希望花园里的花一夜全部怒放，或花园里没有杂草一样，那是不可能的。

婚姻如战争，唯一不同的是打完仗后，还要同对方睡在同一张床上。

婚姻就是两个人在一起，努力解决那些独身时永远不会出现的问题。

生命中最重要的投资，就是找对和你结婚的人。

婚姻是爱情的坟墓，可悲的是总被二奶、小三盗墓。

“婚前寻大同，婚后磨小异”——可惜常被凡俗的人们弄反。

幸福的婚姻在于妻子提供好气候，丈夫提供好风景。

男人愿为爱情拼命，却发现婚姻要了他的命。

婚姻是妥协的艺术、体谅的比赛——谁妥协的快，谁的爱最多，和好的速度与爱的深度、真度、纯度成正比。

嫁给一个人，就要接纳或嫁给他的生活方式。

好夫标准：太太喜时跟着喜，太太气时跟着气，但你不能跟她气。

婚姻如穿鞋，穿久了，自然就合脚了。

真正的婚姻，就是能接纳对方的一切，尤其是缺点。

婚姻是大路货，爱情才是奢侈品。

和一个男人过幸福生活，需要很了解这个男人，只要爱一点点就够了；和一个女人过幸福生活，需要用所有时间去爱她，只要了解她一点点就够了，完全不了解，会更愉快。

女人婚后希望男人改变，但她不改变；男人婚后希望女人不改变，但她一定改变。

许多人在婚姻上的失败，并不是找错了对象，而是一开始就没弄明白：在选择爱情（爱人）的同时，也选择了一种生活方式。

婚姻中有几样东西很重要：童心、浪漫、幽默、亲昵、情话、沟通、欣赏。

使妻子安静的两句话：你是对的，买吧。

婚姻如花园里的花，好和坏总是相伴的，有些兴许不是你想要的花，但它是花园的一部分。

爱情是两根线的交点，婚姻是两根线相交后，不断向对方靠近，直到线与线没有夹角变为同向。

爱讲话的人更易离婚，长时间工作的女人更易离婚。

真正的婚姻不是给对方带来多少利益，而是能给对方带来多少意义。

算计是爱情、婚姻之大敌。

世俗的婚姻是最贪婪的交易：婚前选综合分数高的人，婚后还在继续盘算。

性是冲动，婚姻是保障。

婚姻与爱情不同，爱情是两个人的事，婚姻则是社会的事。故婚姻要尽量遵循通例，免得经不起众人议论，致使自己受不了。

人类自救，首先要从端正夫妻关系开始。

夫妻吵架后的最好方式是：丈夫倒杯水送去，妻子拿拖鞋给丈夫，保证十分钟后就有说有笑了。

对婚姻生活的淡定，才能让一个女孩成为一个女人。

聪明的妻子不要怕丈夫爱上别的女人，你越限制越吵闹他反爱得越久。

女强男弱的夫妻关系问题更多，故聪明的女性再强也不向男人示强。

婚姻就是两个人一起走过所有的记忆，一起分享沧桑的变化。

婚姻是物质的，爱情是精神的；婚姻讲条件，爱情讲契合；婚姻是地上的，爱情是空中的；婚姻是现实主义，爱情是浪漫主义。

婚姻最缺的是赞美、包容、鼓励、知足；泛滥的是指责、攀比、不满、埋怨。

婚外情伤害所有的人，即使对方是天仙，你也要设法控制住自己。

夫妻之间没隐私看似热烈，实为肤浅及不智，没隐私就没有爱了、到头了——爱情的美缘于距离。

婚姻要把三个不同的东西统一起来：性、爱、婚姻。性遵守快乐原则，爱遵守理想原则，婚姻遵循现实原则；而快乐、理想、现实不可能完美统一，婚姻对非智者而言，必是爱情的坟墓。

婚后几年走进相对平和的亲人期后，女人渴望浪漫的天性，会在潜意识中幻想激情，易认为此时遇到心动男人为真爱。

无限的欲望使夫妻间在价值观、思维方式上有很大的不同，故冲突难免。冲突的主因是男脑和女脑的差异组成，而非常人所认为的性格不合或变心了、看错人了。只有在明此理的基础上重包容、重欣赏，夫妻才能长久。

为财产、地位结婚是错误的，但不考虑财产、地位结婚也是错误的。

体贴即身体贴得很近，是婚姻很最重要的东西。

每天夸妻半分钟，夫妻关系可改善。

好的婚姻是人间，坏的婚姻是地狱。故智者明白，别想在地狱寻天堂。

结婚是个信号：表明两人要降温、要拉开距离。

婚姻中小争吵是必要的音符，倘没有就将要曲终人散了。

婚姻生活是恩爱与争吵的交替。

婚姻中的重要原则是不要企图改变对方。

婚姻最可看出一个人的品格、品位、智力。

婚姻是夫妻携手的一次长途旅行。

爱是抽象的，婚姻是具体的；爱是自然的，婚姻是非自然的；爱是高雅享受的，婚姻是平凡平庸的。

婚前同居要不得，认同同居的人在观念上至少是潜意识里认同离婚。

爱是一份合同，双方同意夸大对方的优点，缩小对方的缺点；反之，婚姻则是缩小对方的优点，夸大对方的缺点。

要日日讨好你的妻子，因你的妻不知何时会是别的男人眼中的天使。

夫妻没血缘关系，生活上又亲密无间，这是一种不设防的生活。当考验来临，这其间的伤害将是血淋淋的，比常人更痛、更伤心。

婚姻重要的一点是约束本能及本性。

人类的婚姻与爱情没直接联系。

抱怨抱怨，两字如此组合，就意味着在老婆抱怨时你要抱抱她。

女人的婚姻与男人的官场很相似，都是在平衡木上舞蹈：两臂张开，努力在心智与本能中找到平衡点——就那么大的地方，不能演砸，又难免不演砸。

婚姻是将人的本性固定在一个人身上，因人人都好色，无论男女，无非男人受束缚少罢了。

想白头偕老，你要有足够的耐心与钝感力：或极端平庸，或极端糊涂。

婚姻为什么枯燥无味，因为一切凝固（稳定）的东西都失去了变化和让人们去追求的魅力。

性是人的生物性，遵循的是快乐原则；婚姻是人的社会性，遵循的是现实原则；爱情是精神性，遵循的是理想原则。

性欲导致两性相吸，爱情导致两性相悦。

性是爱侣之间表示爱情最恰当、最热烈的语言。

好色等于为了一棵树，毁了那片林。

性不仅是音乐，而是精神、肉体的和谐。

一切浪漫主义者都是性爱的讴歌者或诅咒者。性因爱获得意义，它制造美感又相信肉感、使人亢奋又使人厌恶。

性的解放即人的解放；人的解放，离不开身体及性的解放。

## 关于家庭

“健康家庭”的“四三三”。有四心：远钱权之心、真爱心、责任心、包容心。把“三关”：硬件关即健貌及风度；配件关即学历、实力、职位；软件关即人格、人品、责任、包容。过渡好“三情”：激情、爱情、亲情。

为何天下无人恨外婆？因之既有母亲的双倍慈祥，又无爷奶对孩子的双倍期望（压力）。

家中父母最喜的子女一般多不成器。

要想结束婆媳的天敌关系，只有改变家庭架构。

家占每个人 80% 的幸福，虽然是男人的一部分却是女人的全部。正如伏尔泰言："对亚当而言，天堂是他的家；然而对亚当的后代而言，家是他们的天堂。"

空间是父亲，时间是母亲。

家，像一件衣服，穿在人身上，穿在大大小小的生命身上，它是生命的止歇之处。

家庭是一个人奋斗的基础，不能光靠一个人苦干，否则虽成犹败。

家庭既是交往中心，也是价值中心。国无家不稳，家无国不兴。

在家中，比物质供养更得父母欢心的孝法：1. 随之拜其老友；2. 参与他的活动；3. 请之去你办公室；4. 请之常常出席你的活动，尤其是年轻人聚会；5. 撒娇，无论多大；6. 不发脾气，无论多错，不要忘了年老后会记忆力下降，不能用青壮年的智力标准要求之；7. 理解其生活方式，几十年改不了；8. 包容之缺点，父母无过错，无是非；9. 常为其照相；10. 理解其节俭并不时表扬之；11. 多夸奖。

家不是讲理的地方。

家决定人 80% 的幸福。许多伟人、智者都重视家庭在生活中的地位及经营家庭的能力。"能与自己亲的人和睦相处，这是比攻城治国更了不起的能力（蒙田）"，如盖茨感到最幸福的是与女儿在一起。最高的物质幸福对个人而言，不是金钱，而是健康；对人类而言，不是繁荣发达，而是和平及家庭幸福。

就地球人而言：中国人对房屋的占有欲最强。但房屋不是家，买房不是买家，家需要经营、需要温情环绕。

对父母，我们别无选择，故一切都值得原谅，不能用对错衡量他们。

孩子对男人是弱者，对女人是天使。他是女人心中永远的一根亮针：既痛又揪心地牵挂。

依赖父母的结局总是悲剧，让子女养成依赖父母的习惯将种下更多悲剧的种子。

父亲最大的爱是相信，而非金钱。

儿媳妇有十七忌：1. 不与婆婆争老公；2. 不在婆婆前与老公亲热；3. 不在婆婆前使老公为难；4. 不在老公前称“你妈”；5. 不与婆婆争是非；6. 不让婆婆受冷落；7. 不说婆婆坏话；8. 不忘讨婆婆欢心；9. 不忘道歉；10. 不要在婆家打扮得太花哨；11. 不要勉强自己适应婆婆；12. 不将婆婆与妈比较；13. 不将婆婆当免费保姆；14. 不要动不动回娘家；15. 不拉公公与婆婆作对；16. 不与婆婆吵架，无论多有理；17. 不住一起。

父亲草原母亲河。

在家中享受的幸福是一切抱负的最终目的。

对孩子的爱尤为重要的是让孩子按自己的想法行事及站在孩子角度考虑问题。

对每个婴儿而言，母亲的乳房意味着生命的甜美、满足、安稳及无比快乐。

人类听到最美的声音，来自天堂、家乡、父母。

管好自己，是对妈妈最大的爱，最大的孝。

孩子是妈妈的生命之锚，是进入天堂里的钥匙。

每个人在母亲身边，都是长不大的孩子。

# 第四章 社会文化篇

# 关于社会

好社会的标志是：除了规则，一切都是0；坏社会的标志是：一切规则都是0。

媒介与媒介素养是两个概念，后者是受众解读媒介信息的一种能力。

该生气时不生气，我们的民族就没希望了。

专制国家最大的法不是宪法，而是看法。

现代社会中，人们最易在忙碌、压力、焦虑中形成一种习惯：烦躁。

有许多时候，不要怕做少数；精英总是少数，国王也只有一个，社会结构自古就是“少的引导，多的服从”。

一条鱼病了，是鱼的问题；一池子鱼病了，是水的问题。一个人或少数人坏了，是个人问题；多数人都坏了，那是制度问题。

当今中国社会的重大问题之一：科学技术等自然科学发展及速度与人文科学不成比例，具体说是精神物质的大失衡。

禁锢人的思想自由，等于堵断了长久发展之路。自由切实的讨论是创造、创新、改革成功及社会繁荣之本。

网络时代真正到来之时，城市向乡村的反向流动会发生，那时城市的唯一用途是作为一片废墟，让后人参观前人怎样在一个污染的环境下生存。

无论一个人，还是一个国家，如无精神追求，他的人生一定是一片荒芜。一个人的堕落，首先是精神上的堕落；一个国家的堕落，首先是知识精英精神的堕落。

城市是人类（地球上）最大的文明现象之一，认识城市的本质就等于认识了人的本质。

城乡的差别即诗意的差别，如大树下的水井中有诗意，而自来水则没有，但人们在诗意与舒适之间往往选择后者。

要使当今世界从腐化中挽救出来，须从人生哲学（主要是价值观）及经济结构方式等方面根本变革。

富国强兵不是百姓之福，每个个体即绝大部分国民尤其是残者、老者、穷者、幼者过得好才是。

对人类社会中大人与孩子间的宽容而言，最重要的不是大人应宽容孩子，而是孩子应宽容大人。因为绝大部分大人在“利”字面前，像刨食鸡般可怜、可叹、可悲，应得到孩子们的宽容才对。

什么是真正的大国？绝不是GDP的数一数二、军事上的所向无敌，而是有大国的志向与真正的内涵：除了不虚荣、不奢侈、正义、平等、民主、法治外，还有勇于正视历史。

看一个民族、一个时代的精神层次或时代雅量，重要之一是看它缔造及吸纳了多少童话，是否激励“童话人生”，是否欣赏有儿童人格的成年人。童话虽然是大人给孩子的礼物，从本质上反映了大对小的审美品位及鉴赏力，不欣赏童话、不呵护“童话人生”的社会必是极度实用、功利、枯燥。

社会上最后的胜者，往往是那些懂得如何与他人沟通交流的人。

民主的要义，不独尊重多数人，也尊重少数人乃至个人。

现在还是男权社会，女人要同男人竞争，就要付出更多。

公平之上，还有正义，正义之上，还有人道。

出身贫困，不是孩子的错，若社会不给穷孩子平等的机会，则是社会的错。

当整个社会还没能力形成超越名利的价值观或智慧，谁也无权指摘中青年人沿着病态的铭条向上攀缘。

由于体制的缺陷，在没有约束公权的有效办法之前，权者会无限寻租。

现代社会的五种毒药：消费主义、性自由、攀比、成功学、速度。消费主义将人卷入无休止的购买与淘汰的恶性循环中；性自由使人以人性为理由，以性爱为药效，纵欲成瘾；攀比，使人永远处于不满足的贫穷之中；成功学使人投机成瘾；速度使人以速度为噱头，以名利为药效，使人生活在焦虑之中。

仇恨指数是度量社会是否健康的重要尺度，与社会健康指数成反比。

当潜规则如办事要送礼、要走后门成为社会总规则，人们都按潜规则逻辑思维做事时，必须要进行社会变革。

社会越混乱、无序，人们越重实利、讲实惠，直到鄙视操守，厌恶理想。

仁，是世间法；不仁，是宇宙法。

美国人多强调适应性、个性及多元取向，中国人多强调服从性、共性及社会取向，印度人则偏向社会约束与自我控制。中国是情境中心的处世态度，美国是个人中心的处世态度，印度是自然或超自然为中心的处世态度。故中国是内向的世界观，重家庭、亲人相互依赖；印度重心的相互依赖，美国重对法的依赖。

社会必要消费时间必须大大缩短，才能赶上必要劳动时间被大大缩短而带来的变化。

人们消耗在传媒上的社会必要消费时间，占社会总的必要消费时间的比重大小，是决定现代社会的现代化程度高低的标准之一。

社会浮躁、烦闷、急功近利流行的情况下，好心态成了健康、长寿、幸福的金钥匙。

浮躁必造成浅薄、不能持久的繁荣。

对武林高手来说，最厉害的兵器是没有兵器；对今天的社会而言，最大的摆谱是根本不摆谱。摆谱是无知、浅薄和没底气的表现。摆富者不是真富、摆贵者不是真贵、摆知者没有真知。

个性和创造性应该发生在法律允许的范围之内。

公平是相对的，但对不公平视而不见则是可怕的。

时间被视为稀缺资源，是现代社会的重要特征。

拆迁已使许多城市没了记忆。对国家，记忆是种实力；对个人，记忆是种权利。

宽容度与文明程度成正比。

东方是世界的古代，西方是世界的近代。古代多朴素，近代多伤感，无论是文学还是艺术。

将钱权名看重的程度与一个人的素质、智力及民族的未来成反比。

世界只在认识中存在，世界的本质是意志。

医疗是公益事业，医疗权是基本人权。

剧场迷信、电视盲从、网络依赖是人们精神空虚、无个性的典型特征，剧场、电视、网络都是“趣味上的公共厕所”，人们不得不去但里面弥漫着臭气、藏放着垃圾。

正确认识世界才能赢得世界。

世上没有不受伤的船，也没有不受伤的人。

有畏才有安、才有治、才有兴，如汉朝因有了对秦瓦解的畏才有著名的“文景之治”。

任何变革对社会都是把双刃剑。

## 关于现代人

现在是青年人的社会，其爆发力，张扬的冲击力，善变、机敏、冒险，是成功人士迅速崛起的主要特征，而这些都属青年人所有。

现代人生活方式上的典型特征：匆忙，即生活好像一道激流，人们拿着其思考、看着其吃饭，不复沉思、没有宁静，使勤劳成了一种喧嚣的、裹胁的、愚蠢的、自鸣得意的勤劳。

拜金与肤浅使现代的人们没有批判精神、一味认同现实，不会追求更高的生活品质，甚至已没能力想象更有品质、品位的生活了。

现代人的毛病是将爱情当饭吃，婚姻当点心吃。

现代人多被职业、义务、娱乐、时尚占领，不再有内心生活。

现代人最大的奢侈是宁静。

耐心是当代人的稀缺。

现代人的悲痛，也即现代人的不治内伤：灵魂死了，人感到空前失落，没有激情。激情的前提是精神上的渴望与追求。

现代有种“垃圾人”，身上充满了负面垃圾情感：沮丧、愤怒、嫉妒、仇恨、抱怨、失望等，随时要找个地方倾倒（发泄）。故智者碰上了不会计较，想他是垃圾人就没事了，因“夏虫不可语于冰”。

拖延是现代人的通病。

现实生活里，经常不安的事情，往往不是眼前的事，而是那些还没发生或远未发生的事。人生许多担心是多余的，顺其自然而为聪明。

为了很多不必要的攀比而活，会很累很累。

现代很多人缺乏对生命本能的敬畏，对工作、生活中的得失看得很重，对生命反而看得很轻，这是价值观扭曲的表现。

工作是看得见的爱，通过工作来爱生命，你就领略到生命最深刻的秘密。分不清事业与职业的区别，是十分可悲的。

很多人最大的错误就是没有警觉到：赢得权势与名利是以牺牲积累人生智慧与陪伴家人为代价。一个外表风光、内心贫乏的人，只能赢得陌生人羡慕，无法赢得身边人的感情与敬意，全力为名、利、权而活，却失去了爱的能力及自己心灵成长的空间。

# 关于财富

没有财富不轻松，拥有财富更不轻松。后者的不轻松不仅是指社会环境差，官人轻富、欺富，众人仇富、妒富，亲友吃富、蹭富，而且是很多人有了财富后，没了目标不知“我从何处来，到何处去”。

富有者拥有过多，反而会碌碌、厌倦和徒增痛苦。

金钱，虽能买来快乐，但没友情、健康、运动、阅历、赏艺带来的快乐长久。

钱就像甜布丁，吃多了会坏牙齿。“够了”是个很难的哲学、很高的智慧。

很多的离婚与财产有关。

将一笔注定不会产生价值或产生负价值的钱放弃，是钱的另一种价值。

如你连养活妻、儿的财富或能力都没有，反而抱怨、责骂，显然是无能逻辑。

自以为拥有财富的人，实被财富所拥有。

太多的人间事与钱无关，与富后的价值观及思维方式有关。

财不入急门。

强国的钱在百姓手里，弱国的钱在国王箱子里。

金钱是善仆，也是恶主。

外财只能养身，内财却能养心。

财富是对人的素质的考验，更是人的素质的分水岭。

财富是上苍给我们的机会，是上苍给我们的一个责任，是社会帮助赐予的结果。一个稍有良知的人，没有任何理由去浪费、去挥霍、去奢修，应用之回报社会。

能聚集财富体现头脑的聪明；能节俭地、理性地对待财富，则体现灵魂的高贵。

正确的财富观是幸福观的一个重要内容：穷时，钱是重要的；富时，看轻钱是最重要的。

为什么要“君子爱财，取之有道”？因为不正当的钱，赚起来可恶，花起来可忧，存起来可怕。

财如水，不能太满。满到足部能知足常乐；满到腹部则行动困难（成负累了）；倘若满到脑部（满脑子都是钱），就有灭顶之灾了。

财富的一个坏处是使人不自由——东西越多越易成为他们的奴隶。

钱是好东西，但不是最好的东西。

经济活动的直接目标是财富，但财富不是终极目标，终极目标只能是精神价值。赚钱是智力活动，体现的是他的智商、才能、进取精神；而花钱过程是他的心灵生活，体现的是他的情商、胸怀、人生理想、品位、情趣。

世上最好的财富是童心，即能把一些很简单枯燥的东西，变得很有趣味，变成了快乐。快乐是金钱买不到的幸福。

人拥有财产并不等于拥有了家园。

快乐并非是富裕的结果。

任何有价值的东西，一旦成为时髦就立马贬值。

以敛财为目的的人生，如同纤夫，终身背负着财富的重负，在乱石间匍匐爬行，至死方休。

人生需以财富为根基，但不能以财富为目的。两者虽差之毫厘，却谬之千里。

富，即有家（宀），有一口（饭）、有田（种）。

智力活动本身的快乐，满足的是人的高级属性；钱权无非满足人的低级属性。

## 关于教育

什么是教育？可以把你课堂上学的东西全忘了，可以把你考过的东西全忘了，剩下的东西就是教育。其根本是学习能力。因为人最重要的东西是智力活动习惯和其融入身心的原理。

一切教育归根到底都是自我教育，一切学习归根到底都是自我学习，学习就是学会学习，有成就者尤其是大成就者多是终身学习者。

罗素式的文明教育包括平常心、自足、简约的深刻、感恩、善良、珍惜、有文化。

一个人活在世上若可以无须谋生、任性所为，必会堕落。故教育的一个重要内容是砥砺和磨炼。

大学与社会评价不同，大学是“贤人政治”或“精英政治”，评价体系由老师决定，而社会评价体系是你能否拿出什么别人想要的东西。

中国的教育及传统文化的最大弱点是太实用，什么东西都问有用没用，这是我们出不了世界级大师的根因。只有尊重精神价值、尊重人的高级属性，出于兴趣从事精神事业的人越多才能形成出大师的土壤。故培养学生的好奇心、非功利探索、独立思考、自主学习的能力、享受智性快乐的能力很重要。

# 关于文学

文学艺术的幸运其实是时代的幸运。

为什么说“兴一国先兴一国之小说”？因为要改革社会，就要先写出理想社会；要改革家庭，就要先写出理想家庭；要改革习俗，就要先写出理想习俗。故小说应称“大说”。

文学、哲学人生的不解之缘：都看重人的命运、个性、主观心境、深度。但文学作品更能保持多义性、不确定性、开发性，不像哲学致力于给宇宙和人生之谜一个终极答案。

诗对人生很重要，尤其在压力大、竞争激烈的今天。诗更意味着自由，心灵上的自由。

《名利场》以说书先生的姿态夹叙夹论，时时现身说法对故事人物评判一番，用细节摹出一个社会横切面、时代的片段。

《第三次浪潮》的作者托夫勒说：“社会急遽变化所造成人类最大的危机，是在人们心灵上丧失了三种东西：共识、秩序、意义。”

《尤利西斯》的作者乔伊斯认为：人类对付这个世界有三个手段：沉默、逃避、谨慎和精明。

在中国当今的文学及影视界，更需要的不是娱乐的作品，而是更深思的更理性的发现。

太好的文章如同太好的餐饮，都是难以消化的，故需回味。

文学与人生关系密切，文学不能等同人生，但人生不能没有文学。其对人生重要的有三点：一是对人生抱适当的审美态度，即一种既介入又超脱的态度；二是一种总体性的方式与态度；三是给人生以激情、向往、想象、感动。

《老人与海》的老人，经过海上搏斗，浑身是伤、很累，回去安然睡了，他惊心动魄的经历是他最大的成功，不在于别人看见他眼泪，不在于空手而去、空手而回，因他最大的收获就是搏击过、流过汗、负过伤，没虚度。

## 关于文明

龙应台说：看一个地方是否文明，就看一场大雨过后能冲出什么东西。

文明的呻吟，是一份柔弱的坚持，是花朵面对摧折依然骄傲自如地盛开的高贵。

现代文明的最大危机是：获取食物、实现自我价值的过程太苦、压力太大、焦虑太多，以致在获取食物的过程中，失去了享受、失去了胃口。

人类文明的曲线：物质文明、精神文明、政治文明、生态文明（可持续发展）。

看一个人的文明程度，不要看学历，要看细节。

马丁·路德金说过：一个国家的繁荣富强，不取决于它的国库之殷实、城堡之坚固、公共设施之华丽，而取决于公民的文明素养，即远见卓识和品格的高下，这才是真正的力量所在。

文明不是给人看的，而是自然而然的令己、令人愉快的言行及生活方式。

挑剔，是文明进程中自然生出的势利习惯。

人类文明进程上的任何伟大，无非是能看到他人看不到的，并坚持而专注地将之变成现实——这就是眼光、眼界的重要性——但在这个过程中，注定要承受看不到的大多数人投来的异议、非议乃至打击。

现在是工业化之后的信息时代，但最缺的是农业文明的节奏：安详、徐缓、幽静。

现代人类文明是耗能文明，古代的人类文明是伐木文明，过去一部长长的人类文明史，其实是地球森林的悲剧史。

世界三大文明都是液态的，西方文明像酒（酒神文化）、伊斯兰文明像奶、中华文明像水。酒美好，令人陶醉；奶养人，使人依恋；而水则有太多的长处，是兼容的、开放的、融合的、谦低的、灵活的、变化的，等等。

中国农业文明的精华，可用宋朝汪莘的诗《行香子》形容：谁家残雪，何处孤烟，向一溪桥、一茅店、一渔船。

一国一人之文明程度取决于对困难群体的尊重程度，如果一个国家的乞丐、小贩、女性、残疾人、穷人都能得到普遍尊重，那么这个社会的文明程度之高度就可想而知了。反之一个社会、一个人，如只尊官、尊富、尊美，就知其文明程度低到如何了。

火药、印刷术、指南针，是预告资产阶级社会到来的三大发明。火药将骑士炸得粉碎，指南针打破了世界市场并建立了殖民地，而印刷术则是科学复兴手段，变成对精神发展创造必要前提的最强大杠杆。

世界各民族的文明水平高低的一个重要衡量标准，是其拥有森林多少。一个人的文明水平的一个重要衡量标准，是对森林的敬畏，尤其是不砍伐、不滥用上，这首先体现在纸（多是树做的）上。一个民族倘若失去了古代文明对自然的敬畏，又未达到现代文明对环境保护的自觉，必将产生可怕的情愫。森林这个绿色的肺，物质循环与能量交换中枢一旦……后果将不可想象。

时尚与文明完全是两码事。重时尚的人往往生活在事物表面。

## 关于历史

不懂历史的人，今天难免过得浅薄，或流于浅薄。

人类的历史往往是战争史。

中国几千年的封建社会历史从未走出这个怪圈：起义—新王朝—新暴政—再起义。

为什么历史上的先知往往命运悲惨？1. 不被凡俗之人理解，认为其是疯子；2. 吵醒了凡俗人的清梦；3. 他的智慧照出了其他人的愚昧，勇气照出了他人的怯弱，从而使之恼羞成怒；4. 统治者或权威者认为受到了威胁。

历史本身厚重且充满质感。

历史及哲学会使人变得无比强大，因历史讲永恒，哲学讲无限。

历史有时都是由看似不经意的小事影响或决定的。

历史是一个充满真理与谬误的教科书。

秦始皇在形式上统一中国，汉武帝在文化上统一中国，康熙在思维上统一中国。

历史的选择总是动态的，不可能一劳永逸，对一个人、一件事、一个团体都是如此。

显示自己的力量，从来不是靠暴力。挑战这一历史准则的人，必会被历史从强者行列中淘汰。

一切事物都在对立面的斗争中成长发展。

丰富的文化传统是座金山，但金山上不都是金子。

永恒地信仰真，终极地求知善，自由地热爱美，缘于古希伯来的信仰精神，古希腊的求知精神，古中国先知的仁爱精神，这是人类三大原精神，没有三大原精神的人不会幸福。

## 关于知识分子

知识分子的使命：秉承济世价值，开创中国道路。

知识分子的责任：1. 把别人说不清楚的事说清楚；2. 把别人看不明白的事看明白；3. 民族良心，不做御用、私用文人，不为私利说违心的话，不媚钱、官，爱成功更爱真理。

所谓知识分子，就在于他明知自己的选择可能会带来不利后果，仍毅然投身其中。正是知识分子的受难，才升华了人类的道德。

真知识分子从某一角度是衣衫褴褛（追求简单生活），而又气宇轩昂地屹立于天地间的人。

知识分子最重要的不是知识而是见识，其应见（透）识的不是过去，不是现在，而是未来。知识分子应有担当，有社会担当，有民族担当。

# 第五章 道德修养篇

# 关于道德

道德分两个层次，从人的社会性层次看，是维护社会秩序的手段；从人的精神性层次看，是灵魂的追求。

道德分自律与他律，真正的道德是自律，是人身上的神性，是高贵，是超越生物性的。他律即从维护社会秩序的角度讲，是功利性的东西。

战争是感性的行为，而不是理智的行为，故道德足以避免战争。

动物只有欲念没道德心，人若如此已沦为动物了。

道德上的最大问题之一是“双重人格”。

做自己应该做的事，就是道德。

道德就是考虑长远，即不重眼前利益；不道德就是考虑不长远，不顾未来。

善需要基础，恶无底线。

真正的道德修养，不是刻意用一些规范来约束自己，而是人生整体觉悟的表现结果。

高尚是对高尚者的最高奖励，卑劣是对卑劣者的最大惩罚。

私德如内衣，脏不脏自己知道；声名如外衣，美不美他人评判。

行善是人类心灵所能享受到的最真实的幸福。

善良就是爱心袒露，真善不图回报。

# 关于修养

财能继承，修养不能继承；财可暴发，修养不会顿悟。

修养的核心是仁爱正义，但修养与品位不是一回事。

奇装异服、满身香水味招来的异样目光或注意，不是欣赏及羡慕，而是人家如同在看一只与众不同的猴子——有修养的人不会将反感写在脸上。

有修养的人吃自助餐时自然有高贵的节制，少取、少吃的人更令人尊敬——他虽然付了可尽情吃的钱，却不会吃到尽兴，相当于手中有无限的权力却不滥用。

诅咒、谩骂他人是心理阴暗、没修养及自己不幸的象征。对他人再小的谩骂都是自杀的暗器。

有了哲学、艺术、科学修养之后，一个人的内心便非常强大。

苏轼的“为鼠常留饭，惜蛾不点灯”是高素质中所体现的对世界微细的爱，低素质的人无论再富贵也只能过平凡单调的日子，无法在生命里找到非凡之美。

没有罪感的人不会成为善人，有罪感的人一定是宽容、善良的。

绅士最大的欲望是使与之接触的每个人身心愉悦：温柔地对待羞怯者，亲切地对待陌生者，宽容地对待无知者。除非迫不得已，从不谈及自己，从不为小事误解而辩、而争，更不提打斗、仇恨了。

友好而礼貌地对待你身边的朋友、长者、陌生人，甚至卑微的人、不感兴趣的人是起码的修养与智慧。

开车随意变道是对他人利益及公共领域的侵犯，是危险及无修养之行为。

修养是社交场合最好的衣裳。

一个人越贴近大地，就越能体会到天空的广阔。深邃的东西，不会灼伤他人，越是谦和处世，越是修养极高。

一个人职业上的成就，不等同一个人人生的成就，人生的最高成就就是内圣外王。内圣指修养的高度；外王，是社会功用。只有具备最高精神成就的人，才适合做王，做人信服的王、长久的王。

恬静是美丽的源泉，是修养的基础。

炫才、炫富不仅是低素质的表现，而且是一种自卑的表现。真正有文化、有层次、有修为的人，举手投足中自有一番谦恭、潇洒与自在。

会欣赏、善欣赏是种智慧和修养：1. 墙上、马上、楼上赏春最美；2. 旅中、醉中、日中赏花最美；3. 月下、烛下、帘下赏佳人最美；4. 雪中、水中、林中赏月最美；5. 对人也要分阶段欣赏：少年当花赏，在志；中年当曲赏，在情；老年当馆（博物馆）赏，在久。

越是谦和处世的人，越是修养极高。

如何对待不讲道理、思想谬误、自我中心的人？通过宽容及爱感化他们。

只有大智者才明白：坦诚之人吃小亏，不吃大亏；在名利方面胜不过小人，但在人生大处能胜之。

不必计较别人的态度，别人态度好是别人有修养，别人态度不好是别人没修养，这都与你没直接关系或太大关系。别人态度不好时，你不计较，才是有修养、有智慧。

有知识是浅层次的，有修养才是高层次的。

一杯脏水坏一桶牛奶，故人的修养是个全面、长期、坚持和追求的过程。

平等意识是一个人的重要修养、素质及品质之一，尤其是富时、贵时对贫者、贱者的平等意识，更是一个人素质的试金石。

大修养、真德行是不要求报酬的。

不占落魄人的便宜，是种高贵的修养。

没素养的人一个特点是炫己，因好说己长便是短，自知己短便是长。

人的形象分内外两个方面：长相、表情、仪表为外在形象；谈吐、修养、服务为内在形象。

诚实不仅是种品质，也是种修养，更是种能力。

德及修养是慢慢积的，如同禅学的渐修与顿悟，即使顿悟也须以渐修为基础。

自我克制是高素质或一切美德的根本体现。

# 第六章 其他篇

# 关于成功

一个人最大的成功就是做自己喜欢的事，并做得让自己满意，如对社会再有益，那更是了不起的成功了。

成功是文化的不同选择，如污染环境的企业，无论做再大，也都遭唾弃。看成败要有文化前提，如违价值观得到的成功，不仅是失败而且是文化的折磨。

最胜的合同是双赢，最胜的成功也是双赢。

功名两个字，用破一生心。

成功的快乐需要一些困难相伴随。

成功者或胜利者在大多数情况下，都有一个顶点。

“曲成”是成功的大道，事物的发展往往是走曲线的。

成功或幸运之神的降临往往因你早看了一眼、早想了一下、早走了一步或多看了一眼、多想了一下、多走了一步。

建盖世功业之人，常常是站在三条交叉线上：以有为之人、逢有为之时、站有为之地。

成功仅靠聪明不行，是诸多因素的组合，除其之外还要有毅力、耐力、机遇、人缘、效率、勇气、胸怀以及能勤劳吃苦、节俭，更重要的要有目标。

一个人如每天提高1%，就没什么能阻挡他成功。

不朽的功业或传奇，在诞生时并非为了流传。

成功需有目标，但有两个以上的目标等于没有目标。

人际成功之特点：微笑、目光接触、开放性肢体语言、身体倾向说者、手脚分开不交叉、摊开手掌做手势。

成功无终结，失败非绝对。

行动有两种可能：成与败；不行动有一种可能：那只有败。

成功不是享受的开始，其代表的是无休止的磨炼、奋斗、追求，代表更高标准的新起点。任何一次成功，都自然是或只能是下一征程的起点，任何一个巅峰都是新一轮努力的开始。

凡不能毁灭我的，必使我强大。真正值得骄傲的，不是出身、成功、英名，而是在失败或困厄中能依然微笑、乐观的人。

士无论贤愚，入朝必遭谗；人无论能庸，成功必遭妒。

成大事的人应天生敏锐，能从广泛的经验中获得真正的勇气。只有勇气（胆量），无法将事情做得完美；只有敏感（锐），则缺乏向新事物挑战的勇气。

想成功的第一特征：永远同比你更成功的人在一起。

成功者的成功，要么给人莫大的动力，要么给人莫大的压力。

所有成功者的一个共同点：他们都十分渴望成功。

人们对成功有两个行为维度：动物性及社会性。人性平等和互相尊重的态度，是决定社会性是否成功的标志。那些谦卑的成功者更易获得更大的成功。

成功者往往高调做事，低调做人。

一根不值一分的火柴棒可毁掉百万元的房子。叠 100 万张骨牌需几个月，推到只需几分钟。故成功需一生，失败只需几分钟。

人的成功不仅需要主观努力，还有智商、情商、家庭、背景、社会环境、有时还需运气等多种因素综合。

目标是人生的灯塔，能确立一个明确的目标等于迈出了成功的第一步。

成功的人生是建立在对家人的爱，和家人对自己的关怀上。过于沉浸自己的事业，对家人漠不关心，那么人生会脱离常规，再有钱权、再风光也不能算人生成功。

成功者未必幸福，不成功也未必不幸福。故人要正确恰当地界定自己的成功，有时“安分守己”并不全是贬义，“安分”不易，“守己”更不易。

越是被人认为不可能的事，越易成功。世上真正的大事业都是在别人认为不可能的情况下完成的。

成功是每时每刻的全力以赴。

小功富在聪，大功富在德。

成功、荣耀都只是下一个征程的起点。

将路人送你的广告恭敬地装起，既给路人以人性的尊重，也可给他们带来成功的暗示或希望。

成功只能是幸福的一个组成部分，而绝非等于幸福。

不一定要做成功者，但要做尝试者。

有时成功是容易的，可以靠人力争取；但幸福是困难的，只能妙手得之。

将生命的点都集中在成功上，必导致没有生命的长度、高度、阔度。

失败后的思考，比成功后的欢乐更有价值。只要失败不失志，将失败当成功的种子，坚持不懈地耕耘，总会成功。

一个人的成功来自于不满足，只有不满足现状才会发挥自己的能量。

英雄不是不失败，而只是他的成功无非是比你多胜一次。

在机会面前人人平等，但机会从不平均分配。

成功只有两个秘诀：1. 坚持到底，永不言弃；2. 难坚持时照第一条去做。

喜爱、专注、做好眼前的工作是一个人成功的前提。

成功就是把儿时、少时的兴趣坚持下去。

知道自己的大目标且有清晰计划，以及将之分成每段小目标的人，效率最高，易成功且过程快乐。将大目标化作一个个小目标，是实现目标的最佳捷径。如心理学家实验：三组人同到 10 公里外村子，不知往何处的，没走一半已溃不成军；知目标的，走了一半叫苦不迭；知目标且分几小段又知走到哪、还有多远的，唱着歌快乐地走完最后几公里。

人生成功秘方里，最重要的一条是：你对成功的欲望，一定大于对失败的恐惧。

成功没什么了不起，只要你能坚持十年做一件事。

奋斗不是让你头悬梁、锥刺股，而是让你每天扎扎实实地做好每件事，并长年做下去而坚持“六不”：不偷懒，不拖拉，不抱怨，不推卸、不苟且，不降低标准。

做事不行，成不了大人物；做人不行，成不了大事业。

挫折，其实是迈向成功应交的学费。

只有你爬到山顶上，整座山才会支撑你。

人生成大功的六要素：竹子般的韧性，大海般的胸怀，老鹰般的眼光，花岗岩般的意志，作家般的敏感，黄牛般的勤劳。

成功者永不放弃，放弃者永不成功。

没立即的好处或回报，就放弃、就埋怨的，是不可能成功的，因那是典型的失败者的习惯。

事业很平稳时，不要再盲目过分追求做大做强，否则易“亢龙有悔”。

成功的人的素质木桶不能有一块短板，否则必败在那短板上。

守成比创业更难，创业只需抓住一个机会，而守成只要一个疏忽就会使你跌落下来。

成功也会带来很多新问题，解决不好便成祸害，各种诱惑便随之而来，挡不住便入陷阱。

人，最大的成功是像宇航员一样健康，像尺子一样正直，像山一样稳重，像水一样灵动，像大自然一样聪明。

真正的成功是无法复制的，但失败可以复制。

荣耀总在成功者那里。

成功，急不得。你看最珍贵的树都是长得慢慢的。没有足够的积累，即使红了也只能是昙花一现。

能力使你知道怎样成功，智慧使你知道什么比成功更重要。

努力不一定成功，但放弃一定失败。

成功五法则：做人不愿做、不敢做、不能做、不久做、做不到的事。

一个成功的人，无论是在政、在企、在学，如果不谦虚、不低头、不明哲，马上就会堕落下去。

成功就是放大自己好的一面，控制自己不好的一面。

对经验、成功、快乐等而言，越分享越值钱，越分享越珍贵，越分享越扩大。

失败是一种消极心理状态，成功是一种积极心理状态。

一个人的成功不看他有多高，而看他低谷时反弹力有多大。

大成就是耐心与时间的结果。

一个人要想成功，尤其是需成大功、成久功，必须培养自己的气度、学问、能力、见识、智慧、健康，或像大海一样深广，或像大山一样坚实才行，这必是一个孤独寂寞的过程。耐不得寂寞，享受不了孤独的必难成功。

古今成大功或大事者的九种表现：1. 觉人之诈，不愤于言；2. 受人之辱，不动声色；3. 知人之过，不扬于他；4. 施人之惠，不记于心；5. 受人之鱼，而学之渔；6. 识人之才，授之于权；7. 识人之害，善于容人；8. 识人之资（天资），善于养拔；9. 受人之欺（辱），不恨反进。

成大功者的七大秘诀：高人指点、贵人相助、神人保佑、小人监督、女人支持、众人拥戴、本人坚挺。

使命感是人成大功的前提条件之一。

成功尤其成大功的经验只有一个：坚持。坚持是人生成功的第一要义，只有当坚持成为习惯时，并以勤与忍为前提，才能被人喝彩祝福。

真正的失败是放弃，真正的坚持是成功。

# 关于幸福

放下即幸福。

人们对痛苦、罪恶的看法较一致，但幸福则是见仁见智、人言人殊的。

钱、权、荣誉都不是幸福指数的内容。幸福天平所称的只有生命质量，即心灵的高贵与自由。

幸福就是肉体无痛苦，灵魂无纷扰。

幸福感多来自瞬间的愉悦感受。

幸福不是满足许多渴求，尤其是物质渴求后才得到，这方面多或更多不等于幸福，知足、自信、知止、正确的定位、个性的东西才是幸福之源。

人之所以能感到幸福，不是因为生活得好，而是因为生活得有希望。

常人的最大愚昧之一是将幸福与想要得到的物性的东西联系在一起，而根本不知幸福是一种丰富的内心生活。

要永同快乐的人在一起，因快乐比健康、金钱、权力还重要。有健康、有金钱、有权力的人不一定快乐，且买不来快乐，这是人生幸福的根本。

有时苦难像皑皑白雪般刺眼，有时幸福又像灿烂的阳光般直逼内心。

幸福是有工作、有收入、有健康，温饱后能静静地欣赏一些科学美以及一些艺术、哲学的深层次为题，从而获得最深沉的幸福及尊严。

过去的少年是物质不幸（短缺），现在的少年是精神不幸，即缺少由不幸而孕育出的“幸福感”，在过去不幸之参照下吃得更香、干得更欢，容易满足且心怀感激的感觉。

幸福是每个微小生活愿望的达成。

因为短缺，所以幸福。一个人如舒适得太久了，舒适也就不存在了。短缺物成了我们生命中重要的部分，处在短缺的环境下你才觉得珍惜。

人之幸福，不取决于物质环境的优劣，而是取决于自尊心对生活细节的关注。心中有欢乐的人，生活始终充满惊喜。说到底，幸福是种心生欢喜的能力。

痛苦同样是快乐源泉，幸福不过是一个人自我完善、保持心性自由与独立时的额外所得。

每天都接近自然，感受脚下的土地，能提高快乐指数。

幸福是所有生命的唯一渴求。

幸福就是笑点很低、泪点很高。

许多人不幸之因是将自己的幸福寄托在一个人、一件事上，唯一遗忘的是自己的生活。这是许多女人不幸的根因，也是许多迷上钱权的男人不幸的根因。

爱情是种能力，幸福是种能力，快乐是种能力，遗忘是种更大的能力。遗忘是幸福、快乐、爱情长久的前提。

吃完巧克力再吃香蕉，会感到香蕉不甜，其实香蕉本身是甜的，无非有了比较心且是拔高了比较心。如同人生的幸福，我们不是因为幸福太少，而是因为拔高比较多。如社会学家研究，同等条件下有乞丐的地方，人们不仅幸福指数高，反而犯罪也少，治安也好的多。

没有吃不了的苦，只有享不了的福。

幸福不是我们得到的多，而是我们感恩的多；幸福不是我们的层次高，而是我们的欲望不高；幸福不是我们缺少车子、房子，而是我们缺少智慧及良好的心态（价值观与思维方式）。

世上越多越好的是什么？不是钱、权、声、色，权越大越危（如履薄冰、如临深渊)，色越多越祸，名越大越被之束缚，只有幸福及快乐越多越好。

幸福是一个阶梯，而非一个终点。

幸福是能力或装糊涂的境界。

幸福就是一觉醒来，屋外的阳光依然灿烂。

最大的快乐：助人；最大的缺点：坏脾气；最危险的人物：说谎者；最低劣的感觉：怨恨；最愉悦的感觉：内心平安、平静；最幸福的保单：微笑；最有效的解决之道：乐观。

一个人，能有心志看一朵花慢慢开放，那是一生最大的幸福。

幸福需“神怡”，而“心旷”自然“神怡”。当我们的心舒展为一片蓝天，自然可拥抱飘逸的白云；当我们的心舒展为一片草原，自然可承载万物的狂奔；当我们的心伸展为一片大海，自然可容纳百川，任百舸竞争。

那些能过自己认为还算舒服生活的人，实为最快乐的；反之，求奢华者因欲壑难填，难以快乐幸福。因要与奢华相配，要挣更多的钱，付出更多的应酬、心血，更多的不自由，从而使自己的心灵处于扭曲状态。

幸福的秘诀：既不能放弃世俗少许繁华，又能坚持在旷野中的个人清唱——有欲望而不疯狂，有虚荣心但能心灵自省。

金钱唯一不能买到的，权力唯一不能赚取的，又是人间最宝贵的，那便是幸福。

所谓美或幸福，就是一次次地发现与超脱。

幸福与我们拥有多少无关，而与我们的满足感有关。

多，有时不是好事，如权多、钱多、名多、肉（身上的）多。只有幸福多才是好事。

幸福在于许多细节，尤其是人与人间的细节。

很多时候我们不能成功或幸福，不是败给外界的诱惑，而是败给了自己的欲望。

心情的好坏（幸福指数）与得到多少或是否得到没有关系。

人要通过以下生活内容增加幸福度：1. 观树木、日出日落、鸟起鸟飞，去图书馆或山上海边读书或陶冶；2. 去田中呼吸清新的空气；3. 陶醉些微小事物，如蚁、虫、落叶、沙粒等；4. 用艺术家的眼光看事物本质；5. 常与儿童一起；6. 站在历史学家的角度反思生活；7. 从别的动物眼中对己生活思考，如在蚂蚁眼中你会是什么样子；8. 假设自己只能再活一年——将生命浓缩，意义就非同寻常；9. 见到熟人熟地都假设是最后一次；10. 以哲人的眼光看问题：对死、生、真理的态度、观点等；11. 试同名人、伟人交流，读他们的书，同他们谈话或给其写信、发 E－mail；12. 常流连大自然；13. 学几样乐器；14. 学一项以上竞技运动并每天坚持；15. 学两项有积极意义的消遣娱乐，如围棋、桥牌等。

金钱可买到的东西，很易衡量它的价值，但偶尔审视一下金钱买不到的东西，对人生幸福重莫大焉。

外在的条件如不转化成为内心的体验和心情，便不能称为幸福。故幸福是令人满意的生活与愉快心情的统一。

人的幸福多从苦中来，不少祸逆因忙中粗心。如曾国藩有一对联云：好人半自苦中来，莫图便宜；世事皆因忙中错，且更从容。

世俗人眼中外在幸福的条件：出身、财富、成功（地位、名誉）、婚嫁美满、健康、闲暇、平安；智者内在幸福的内容：创造体验（欣赏艺术与自然沟通等）、爱、智慧、智性生活（包括阅读、哲学沉思、独处求内心平静）、信仰。而内在生活是幸福的源泉，因为心灵之乐是最高层次之乐、内在生活不依赖外部条件，通过灵魂可感受。

幸福不等于满足，天赋越高的人越不易满足。

世上最傻的人是：忽视当前的幸福，万事等待结果的人。衡量一生是否幸福，就看一生是否活得有意义。

幸福不能缺少外在的条件及内在的安宁及丰富。

幸福喜欢捉迷藏。往往觉得自己这里的生活很平常，不是真正的生活，别人过的才是真正的生活，整天生活在羡慕别人中，岂不知你看到的都是别人光鲜的一面或别人故意或可展现给人看的一面。

人生的另一个最大的幸福，是能与自己喜欢的人在一起，并且能让他们快乐。

幸福是种能力而非实力，并非谁都能幸福。

内在幸福的内容主要是创造、体验、爱独处。

人幸福的秘诀：1. 为现在而活；2. 宽宏大量；3. 简单；4. 内心平静；5. 工作成效；6. 有意义的等待；7. 有爱好；8. 有自己喜欢的事情做或工作；9. 感觉快乐；10. 凡事不苛求。

计较最损幸福。

心态决定幸福。

幸福不是你拥有什么，而是你感觉你不缺少什么。

幸福与聪明的区别：认为自己是幸福的就聪明，认为自己是聪明的就愚蠢。

幸福，就是装在那个叫爱的百宝箱里。只有爱，才是生活的最高动机和最大幸福。

从外在条件看，一个人能衣食无忧地风吹不着雨淋不着，就是一种幸福。

幸福之道无它，对力量所不及的事，不要忧虑，否则是自寻烦恼。

超越别人的心态是追求幸福的可靠方法，即认定自己比别人优秀的感觉，而非财权的超越。

幸福是对世界一切永葆新鲜美感的态度。

幸福是一种内心体验，是心灵对生命的强烈感受，是以心灵的感受力为前提。

幸福是一种能力，它属于那些有智慧的心灵丰富的人。

世界和平是人类幸福之基，是人类最重要的事。许多现代人不知珍惜，将之认为理所当然，没了感恩之心，从而反生出许多牢骚与不满。

幸福，是一种甘于平庸的感受。

智者的幸福很简单：规律的生活，简单的衣食，喜欢的运动，一卷在手，知己（音）相伴，拥抱大自然，忙里偷闲的创作。

活得热烈，死得安稳，就是幸福。

幸福永远同创造性的劳动在一起。

人生的幸福分基本的幸福（有份工资能谋生无论多少），先天的幸福（亲人），根本的幸福（健康），自得的幸福（如精神丰富、爱好广泛、创造性活动、善等），别人眼中的幸福（并非真正的）。

真正的幸福无法用语言表达，如同说出来的痛苦也并非真痛苦。

痛苦源于我们错误的渴望，幸福源于我们正确的放弃。

对一个洋溢着生命热情、激情的人而言，幸福在于最大限度地穷尽人生的各种可能性。

幸福的四大天敌是：盲从、攀比、忽略、失性（人性、个性、情性）。因为盲从，我们丢失了俯拾皆是随处可见的美；因为攀比，我们失去了美的人，美的事，美的物；因为忽略，我们遗失了美的定位，美的标准，美的原则。

人，总是在接近幸福时倍感幸福，在幸福进行时却患得患失。

人真正的幸福不是自身待在光明中，而是从远处凝望光明及朝它奔去，在那拼命忘我的时间里，人生才快乐充实。

人的幸福其实很简单，简单到连那些老于世故者都不能承认自己究竟缺少些什么。

根本的幸福有赖于对人和物的友善关怀，业余爱好、成功都非幸福之源，只不过是提供了一种忘却（暂时）现实痛苦的手段。而友善绝非只有回报的形式，后者往往是不幸的祸根。贪求的结果，定使你应得的一份也落空。

幸福公式：对你感兴趣的人或物尽可能友善且兴趣广泛。因幸福的人，往往以客观角度安身立命，有坦荡宽宏的情爱和丰富广泛的兴趣，凭借这些情爱与兴趣，又凭此成为许多人的兴趣和情爱对象而获幸福。

幸福都是暂时的，像一个圆溜溜的皮球，易溜走但走不远。但要找回它则需要智慧。

拥有一切不会造就幸福，对拥有的一切，哪怕是很少很少，也能心存感激却能带来幸福。

愚者在远方寻觅幸福，智者在脚下栽种幸福。

人最美的时刻不是妆后、青春，而是从事喜爱的工作，事业有成，或恋爱，或亲朋好友小聚，热心助人，做好事等。

没有焦虑的人，根本不可能知道幸福的美妙。如人生什么都无忧，没一丝焦虑，生活一定没有什么味道。适度的焦虑不仅有益幸福，还是人类进步的动力。但过于焦虑则是无知及愚昧。

淡淡味道是最好的味道，如同心在胸腔内平静、平淡、规律地跳却是最好的。

幸福的极致不是笑而是哭，是激动得热泪盈眶或横流眼泪。

花在看羡别人幸福的时间上越多，你就越不幸福。

掌握了一种乐器，生活中就多了一种或一份幸福。

用钱买到的，都是享乐而非享受，更非幸福。分清感官享受与幸福，是一个人成熟的重要标志。只有愚者才认为幸福很遥远，要花大钱，其实它就在脚下、身边，并不用花一分钱。

人生的幸福与财权无关，如同一粒麦粒，它的大小与麦芒无关。

幸福是对欲望的满足，尤其是一个个小小欲望的满足。

幸福是能够爱自己所爱的人，做自己喜欢的事，读自己喜欢的书。

幸福是个喜捉迷藏的孩子，他总善躲在苦难背后。

幸福的不二法门是珍惜拥有的，放弃无法拥有的且不悔不忧；追求没拥有的，探索未知的。这个放弃也即放下，还包括放下恩怨、名利、忧愁、焦虑、欲望，才能一身轻松。

幸福三前提：纯洁的心，淡泊的胸，宠辱不惊的君子之风。

一种爱好一旦成了职业，就有异化的危险，且也没了乐趣，没了幸福指数的增长。再之，业余爱好往往比职业有更原始的冲动，更持久的生命力，更纯洁的动机。

人生的最高幸福之一，是将音乐创作或诗文创作，与爱情创作结合在一起。从另一个角度讲，爱情有利音乐、诗文包括哲学、科学创作。

对有幸福能力的人而言，运动、打牌等竞技运动输赢不是目的，其重要的是过程的快乐。

心脏有两间卧室：一间住欢乐，一间住痛苦。人不能笑得太响，那会吵醒痛苦。

每个人都有自己的幸福，无非是有的人没发现而已。

幸福是种能力，是种智慧，绝不是自己有什么或实现了什么目标。作一首《快乐铭》献给读者：有书真富贵，有钱逊有闲；花前常欣赏，月下得清欢；丑曲不离口，小酌意陶然；日日是好日，到处是桃源；心中无牛粪，所遇皆神仙；稚子乃大智，无忧蹦跳欢；松荫当亭盖，鸟鸣奏管弦；水边常凝视，心中格外甜；食寝常感恩，顺逆皆随缘；球牌天天有，怡中得康健；读明世间理，乐生心底宽；凡事要想开，不钻牛角尖；欣赏有能力，风雨亦乐团；美功要深厚（美学功底），叶草亦怡颜；逆处能长进，思想要达观；问题思维苦，资源思维欢；情趣要丰富，琴棋书画恬；心中有追求，乐事万万千；劝君践此铭，一生福如天。

简单便是快乐，简单便是智慧，简单便是幸福。

人生的幸福重在心的愉悦，功利只能饱心不能润心、富心。

幸福、快乐从某种角度讲在容人，能容多少人，就能拥有多少幸福快乐；反之，你跟多少人作对，就等于你同多少幸福快乐作对。

提高幸福指数的重要途径是减少心中的欲望，如仓央嘉措说：在雪域之上，心事重的人易走不动。

每个人都不是缺少幸福，而是缺少感知幸福与绽放人生幸福的能力。

幸福就是珍惜拥有的，体验不完美的乐趣。

做你喜欢的事是自由，喜欢你做的事是幸福。

动辄和别人比，是不幸福的表现。

别墅、跑车、名钻……满足的不过是欲望的大嘴，而非幸福的标准。重要的是在欲望不断扩张的世界里学会辨别与放弃。

因为一根绳子，风筝失去了天空，牛儿失去了草原，骏马失去了驰骋，人类失去了幸福及快乐——金钱、权力、欲望、荣誉等皆人类之绳子也。

自古有“快乐君子”之说，总忧心忡忡、凄凄悲伤、唉声叹气的必不是君子。君子总是阳光的，深思的，自信的，向上的，热情的，故而是幸福快乐的。

生命是幸福，快乐也是幸福。

幸福的生活是有感觉的生活，是有声色、香味、快乐、充实的生活、而非意志生活，物质生活，权贵生活。这种生活需要一种决绝的勇气，只有特立独行的人才能过得了。

人类活动的唯一动机就是追求自身幸福。

博爱是社会和谐、人们幸福的重要因素。如墨子言：天下人皆相爱，强不执弱，众不劫寡，富不侮贫，贵不傲贱，诈不欺愚，焉能不幸福否?

最大的幸福感是自我实现需要，其主要内容并非做大事或心想事成，而是做自己喜欢的事并达到设定的目标，使自己从必然王国向自由王国飞跃。

真正令人满意的幸福是持久的，总是伴随着充分发挥自己的才能来改变世界。

贫富差距过大，国民的幸福指数会降低，因为这样不仅导致犯罪多，且各阶层之间充满仇恨，穷人富人都不会感到幸福。

幸福不在于消遣和娱乐，而在于人生的跌宕起伏。只有智者知道：无论痛苦与欢乐，只要它是真实与强烈的，就是我们生命中的一部分，而痛苦又恰是欢乐之基；泪水才会使我们去珍惜欢笑的可贵，不幸才会使我们去珍惜平常的每天。

金钱是快乐源泉，而非快乐本身。人的快乐，来自心灵而非金钱，更非肉体享受，最重要的是正确选择快乐的能力而非外物。

幸福的人不是很多的外物如钱权占有者，而是欲望节制者。欲望是痛苦的源泉。

幸福取决于人格，人格越伟大，幸福越多。人幸福最基本的要素，在于人的内在素质，即人格，包括健康、力量、美、气质、品质、理智、教养。人格越高尚，感受幸福越深。

幸福是种感觉，只要你心中有幸福的暖流经过，你就是幸福的。

一个人，如不具备温文尔雅、活泼快乐的气质，不具备完美健康的体格、健全的理智、敏锐的洞察力、稳健温和的意志及良知，无论拥有多少财、权，也无法感受到心灵的幸福。

无限的欲望，使人为一个接一个的目标无限奔忙，等无须再忙时，一切也都结束了。

幸福本身是有缺陷的，但人天性又渴求完美，这又沦入了更不幸（痛苦）的怪圈。其实，这种缺陷本身就是幸福的一部分。

人，要从幸福转向不幸只需一瞬，从不幸转为幸福则需一生。

好像人人都知幸福这个词，但真正懂其内涵的则不多。

幸福在于爱，在于自我遗忘。

对人而言，不仅慢生活是幸福之基，而且自然界中凡慢生的，都更高、更实、更珍贵、更成才。在生活中，只有慢，才有流连忘返、含英咀华的兴致，下马看花、闲庭漫步的自信。再之，心灵的成长也需要慢，即需要耐心。

幸福或许真的不可说，唯有你忍不住要乐一下时，才会突然抓住那一丝感觉。

一切爱都源于生命的欲望，而有了欲望就又免不了痛苦。

幸福是心理欲望得到满足的状态，是种持续时间较长的、对生活的满足和感到生活有巨大乐趣，并自然的希之持久的愉悦心情。为什么说物质不能给人带来幸福？因这种满足不能持久，只有精神上的满足才能持久。

思维转弯就能收获各种各样的幸福。

健康地活着，也是一种幸福。

幸福的几个关键词：生命的存在，健康的体魄，知识、快乐及给予。

重自我实现者，对生活中存在的、司空见惯的美好事物，总是带着新鲜的朴实的感情，一遍一遍地欣赏，不管这类体验对其他人而言多么乏味，多么司空见惯，如读读书，散散步，赏赏落日，弄弄花，品品茶都成了无穷无尽快乐的源泉。

幸福取决于选择，不仅包括选择的正确性，还包括选择什么样的生活方式，什么样的思维方式，什么样的价值观和幸福标准。

富贵作乐（或感到幸福）非真乐，苦中能作乐才是真乐，才是真正的乐道及幸福之道。

大智者自会在学问、思考、情趣、工作、大自然及个性生活中得到许多乐趣和幸福，根本不把吃得不如人、住得不如人等这些表面的苦当回事。

只有大智大悟者才明白：幸福就是眼前一碗解渴的水，就是你目前所拥有的东西，包括生命、家庭、健康、亲人、工作也包括失意、伤痛等。

幸福许多时候在于情感上的痛畅、激荡。如英哲学家罗素《我为何而生》里有一句话：对爱情不可遏制的探究，对真理不可遏制的追求，对人类苦难不可遏制的同情，是支配我一生的强烈的三种感情。

人类突破了自我狭小的范围时，灵魂就有了欢乐，人生就有了幸福。

想让自己更快乐，多赞美别人；想让自己更幸福，多感恩一切。

太自信即自大自负之人，一生都不会幸福。

为何婚姻幸福乃人生幸福的大部，因男女结合叫“仁”（二人之意）、“好”（子为男子之意）。夫妻关系不好，其他亲缘关系都紧张，也没心思好好工作，起码心绪不好，幸福感下降。

以前，简单是很幸福的事；现在，幸福却是很不简单的事。

风吹落的枣儿不甜，抗不了挫折的人不幸福。

常葆希望是提高“幸福感”的方法。

通往幸福的路径是中道：对人必没有兼利，对事要恰到好处，对生活要保持平衡。

心安的地方是福地，习惯的地方即天堂。

## 关于智者

山不过来我过去，改变不了环境就改变自己的是智者。

智者只反对人的观点，不反对人。

智者将生命的每一天都看作上苍的一件礼物，以及生命中的最后一天。

智慧的人，才会为自己的喜欢去做事，而非向别人证明或与人攀比。

仁者无忧，智者无惑，勇者无惧。

愚者用嘴讲话，聪明者用脑讲话，智者用心讲话。

智者不会推迟友爱，不会延迟欢乐，现在不悟，便永迷惑。

智者的特征：成人的头脑，孩子的心灵。

大智大能者才能将纯洁进行到底，超越欲望，击败世俗。智者对待人生：乐观地思考、悲观地计算、快乐地憧憬、顽强地执行。

智者做事的特征：全身心投入，又无一丝牵挂。

智者会用赚钱的时间赚自己的快乐。

要永远原谅无视你的敌人，只有智者知道没有什么比这更让他恼火的事。

智者才知：无论爱情、友情、亲情，都没永远的相聚，应谢谢他们的离开。

智者不求福至，只求祸远。

没有人认识你，是你开始认识自己的最佳时刻；没有人在乎你，是你开始照看自己的最佳时刻；没有人要求你，你才有空间去审视自己的真实需求。

智者应对微观问题作宏观思考。

大智者能用宽恕埋葬仇恨的世界。

聪明人往往不能快乐，大智者往往笑口常开。

看穿但不说穿，是大智者的表现。

起了执念之人除了懊悔，什么也留不住，只有真正觉悟之大智者，才能在驰骋的生活列车中牢牢记得自己是谁，并找准自己的位置。其实，琼楼玉宇与海市蜃楼只在一念之间。

只有智者才明白：无论哪个行业，卓越只是种偶然，平凡是种必需，做个平凡且不以为耻、不以为虑、不以为躁的人，是智者才能达到的境界。

只有智者，才会用你拥有的物质方面的东西，去换取对你来说更重要、更丰富的东西。

智者明白：世界不是一个人可瞬间改变的。

大智者的特征之一是对死的从容及豁达，因其知道：无论人生如何，最后都要流进大海（天堂）。

智者不会拿别人的地图找自己的路。这如同只想吃药不想办法改善自己的身体一样可笑。

比憎恶更危险的是谄媚，虽其可掩你缺点，而别人的憎恶可消除你的瑕疵。故智者将别人的恶意视为善意更真实的镜子。

真正的大智者是成熟而简单的，既没有患得患失的惊恐，又没有急于出人头地的焦躁及烦扰，更有时时事事皆快乐的能力，即孩子才有的心情，故曰：大智如稚子。

荣枯是生命的常态，故智者不拿自己的喜好与偏见去判断并要求万物。为什么荣枯在智者的生命里都是美好的？因之没有比较心、贵贱和善恶之分。

简单是智者的特征：说话简单、思想简单、生活简单、人生简单，连他看到的整个世界都简单。

大智者的好日子不是山珍海味、前呼后拥，而是俭朴、没焦虑、把握机会，做有用之人，过愉悦生活。

智者理解因果而不误解因果，相信命运而不迷信命运。

智者不会等事情做完或完美或实现目标，才去尽情享受生活。为未来做好准备就是充分分享现在。自然地享受每一刻，是心理学上称之的心理健康的生活方式。

对才智双全的人而言，寂寞与枯燥是生活的主色调，头脑和见解是对人对事的主要标准。

只有大智者才明白的道理：呼吸是种奢侈。

能富后过俭朴的生活，就是个有修为的小圣者。

百年三万六千日，不在愁中在痛中。只有觉悟、智慧之人方能豁达。

大人物都是超越当代甚至是数个时代的：梵高的画、孔子的学说，都是几百年后才显现出珍贵的。

只有智者才能对时间有彻底的理解，懂得了时间也就懂得了人生。

大智者的特征：永远不和生活较劲，得之我幸，不得我命。

智者永远求知若饥，虚心若愚。

智慧的本质并非是复杂，而是简单。在智者的眼里，一切都是简单的，如初生婴儿无喜无惧、无虑无忧、无他无我、无是无非——大智若稚子啊！

聪明的人总是从容死去，愚蠢的人总是舍不得死去。

智者无不惜时，剑桥大学有个钟就设计成了“吃时间的虫子”，每分钟第一秒张嘴，最后一秒合嘴。钟摆是棺材形状，每小时重响一次，提示离死亡又近一步。这还含其校训：我们与世界相遇，我们与世界相蚀，我们必不辱使命，得以与众生相遇（苏格拉底语）。

生命的长度，是用每一步来丈量的，因人生每一步都可踏进死神的领地。只有智者才知道或能够在抬起一只脚及落下另一只脚之间，哪怕是短短的几秒钟里享受人生，以及在迈步前认真仔细地端详整个世界，因这有可能是我生命的最后一步，这一步既可亲吻死神，亦可一步一天涯——这是一个第二次世界大战工兵感悟。

大智者从不表现比邻居、同事、朋友、熟人更优越，更富有，更聪明。

智者会让参与做事的每个人都从中受益，那些企图独霸好处或利用他人软弱、无知而使自己受益的举动，最终会赔了夫人又折兵。因为宇宙是由无数个体组成的，个体是宇宙的一部分，属同一整体的各个部分不能互相作对，只有团结才能产生合力，每一部分的幸福都需建立在对整体利益的认知之上。

真正山中之王的猛虎从不敛物，高素质的人、智慧的人、强大的人不用敛财——他已将自身打造成财富。反之，动物界中只有最小的、最无能的、最令人践踏的蚂蚁才忙于敛物。

对人生的许多事而言：智者明白，退一步海阔天空，进一步悬崖绝壁；让时风平浪静，争时人仰马翻。忍耐不是软弱，而是理解人，有爱心的表现；让人不是怕人，而是一种非凡的气度、宽广的胸怀、过人的智慧。

只有觉悟者，才能在本然的前提下珍惜和感恩。

痛苦与疾病多源于不能洞明世事即不觉悟，成功、快乐、幸福，尤其是幸福，多源于洞明世事后的觉悟，现作《醒世铭》献读者：

勤奋是根本，忍柔是妙方；昧心必遭报，人过不能扬；书剑如双翼，人生展翅翔；诸葛唯谨慎，耐烦大才量；硬弓弦先断，锋刃口易伤；祸从口中出，灾因狠心肠；是非不必争，争之双双伤；赶路不争路，疯狗让长扬；世间多缺陷，莫幻免无常；成长重成功，识长功无量；吃亏本是福，退让兼无妨；病逆人常事，苦乐自己尝；幸福乃心志，觉悟为金黄；贪婪堕地狱，光正即天堂；退即是为进，委曲反久长；齿比舌先没，柔能胜刚强；财为小人妒，色使英雄觞；官为不归路，财欲剧毒伤；麝因香先死，财多人先亡；健康最大财，平安功无量；凡事要利人，双赢高智商；中庸即敛隐，头檐必先亡；成功多黑马，张狂必遭殃；无用成大用，才重身易殃；知足知不足，福进两不伤；一副平常心，和乐二陈汤；休得争强胜，退让又何妨；得失不认真，他人嫁衣裳；最重三件事，健安家温香；财不增幸福，衣食只保障；分清三种财，善智加思想；贪恋名利权，阎王也算账；人生最大功，素质高又强；莫沦痴愚境，人生傻奔忙；恰如无头蝇，何处是家乡；做此醒世铭，只与智者唱。

为什么浮屠不三宿于桑下？恐久生恩爱，即由此产生的依赖心、贪恋心，而失去了平常心，世之大智者对人（尤其是恋人）、对物都会如此——该有的平淡甚至冷漠缺席不得，否则难成正果或必生祸乱。

天才或大智者并非天赋极高者，而是具有一颗智慧、敏感的心的人；也不是得到了别人努力一生得不到的东西，而还在于善心、上进心、责任心，包括对自己、家人、他人、社会、民族、动物界的责任心。其次才是能抓住一闪而逝的灵感，并赋予恰当的形式表现出来。

春天无时无处不在，只有哲人、诗人、艺术家及大智者才能感受得到。

鱼与熊掌不可兼得，果实与花不能两全——一旦结果，花就消失了，故智者不会求全。

如有人对你扔石头，愚者的做法是：扔回去，且怒不可遏；智者的做法是：留下来，且乐滋滋地将之用作建大厦的材料。

只有大智者才能在中老年重拾童年的宽容与宁静，还有对这个世界的期待。

世上任何事情都是双刃剑，如作家不仅能感受常人得不到的喜悦，也能感受常人体会不到的痛苦。故智者得之不喜，失之不忧。

创造是一种危险的事业——所有的天才的创造，都是对平庸与惰性的挑战，至少也是对人云亦云、按部就班者的不敬。

智者总是抱无限乐趣来做一切应做的事情。

只有智者才明白：高并非代表大或伟大。你飞得越高，在不能飞翔的人眼中越渺小；你站立的山顶越高，对山下的人而言，也越渺小。

智者会以悲观之心志，过乐观之生活。

智者应为自己的生命、心灵留下充足的空间来享受生活。

真正的智者，不是完成事情之后才快乐，而是快乐地完成事情。

智者不惧死，因为只有智者才能认识到死亡是每个人的归途，也是每个人新的开始。

事缓则圆，急则败矣。故智者遇急深呼吸，因唯心静智慧才生出来。而心躁之主因又是心中装满自私、贪婪、嗔怨等负面情绪，那就凡事看不顺眼，事事焦躁难安，人生（生活）当然难快乐起来。

智者不喜欢样样都拥有，而是凡拥有的样样都喜欢。

好好珍惜人生的春天，才能拥有无限风光的人生四季。对大智者而言，人生无处不春天，无论年轻年老，顺境逆境。

智者生活中没有敌人，只用一生与那些缩减或抛弃人类良知的人作斗争。

对天下的事情，大多数人只知已经发生的，不知将要发生的。只有深谋远虑的智者才根据已发生的情况来推知将要发生的事情。

笑是两人间最短的距离，只有大智者才会明白微笑对人生的重大意义。

智者如猫。平时静静地趴在那里，集中精力耐心等待，然后一跃而起，奔向目标。

平庸者只有职业，优秀者才有事业。伟大的成功者必是优秀者。

真正的明是心里聪明，嘴上木讷，看明白不说明白的人，这是智者的特征之一，而聪明人的通病是嘴不好。

能够、敢于原谅、包容别人，是强者的能耐、能者的美德、智者的象征。

最优秀的人去搞政治、经济是浪费，应去搞精神创造，因精神作用远远大于物质。

智者应不只有进取精神，还应有超脱的眼光。

散发有余之财，以惠贫者。这是大智慧的表现。

人，只有到大智、大觉、大境界时才能了悟一切所谓人生“大事”。如《历代史略十段锦词语》“总说”中的《西江月》（明·杨慎）：天上乌飞兔走，人间古往今来。沉吟屈指数英才，多少是非成败。富贵歌楼舞榭，凄凉废冢荒台。万般回首化尘埃，只有青山不改。

尖子不聚堆，聚堆非尖子。

智者做人，不会把脸拉长。

智者会追求摆脱了激情和欲望的冷静、达观的生活。

智者会拉长日常生活中的小小幸福。

只有智者才能豁达大度地接纳对手，让之成为朋友，因尊重他人是抬举自己，这近似一种优雅而伟大的征服。

和傻瓜生活，整天吃吃喝喝；和智者生活，时时勤于思考。

智者能做到：由于不可避免，他承受苦难；由于无法准备，他直面失去；由于无力逆转，他正视死亡。

能认识到人的美是常人，能认识到大自然的美是智者，能认识到精神的美是圣者。

智人才能认识到：每个人的家就像一个钟表匠的家，到处陈列着残酷流逝的时间。

智者做事，如同有大文才的人行文，“常行于所当行，止于所当止”。

大智者写作的根本目的不仅仅是为影响世界，而首先是为安顿自己。

智者对人生只反省不后悔。

终极的发问（人生的意义、人与世界的根本关系）构成了大智者或哲人与世界的根本关系。

以脑思考的是智人，以心思考的是诗人，以行动思考的是圣人。三者同时思考的是伟人或先知。

新闻，无非是过眼烟云的人闹的过眼烟云的事罢了。

大觉者不仅不以钱权为生活目标，而且不以知识为生活目标，更重视的是生活本身及人生体悟。

在智者那里，我们听到的只有天籁。

没什么科技的发展能带来永久快乐，与科技发展相当的心灵拓点，总是被忽略。人在物质方面要求越少，心灵收获会越多。如欣赏夕阳西下的美，远比一场豪华晚宴有价值。在空气清新的湖边田间读书，也远比在美容院更易保持年轻。智者重视的是简单生活的欢乐，而不是他们远离夕阳，远离新鲜空气，远离笑声的事业。

只有真正的智者才能正确处理好耕耘及收获的比例关系，一分耕耘不一定是一分收获。只有十分耕耘，十分积累，才能有十分收获。

真正聪明者自然会意识到："利己"不建立在损人的基础上最佳。

每个人都知道的风险，恰恰没有风险，这是智者勇气。

能战胜情欲做到卧床不乱方能称君子，方能成大事。

伟大的人或真正的成功者，是执着追求并从中得到快乐的人，而非最后得到什么或占有什么的人。

智者不会让生命中有仇恨的影子，他们从不打听诋毁者的名字，只在阳光中行走；只有愚者才在暗处咀嚼仇恨与痛苦。

了不起人物的四特征：不狂妄，不绝望，该发生时发生，该收（隐）藏时收（隐）藏。

智者不为名利争斗，不为钱财纠结。

智者的特征：既不留恋过去，也不过度梦想未来，而是沉着面对现实。

智者轻视偶然，看重必然。偶然是被动的，消极的；必然是主动的，积极的；偶然是听从命运和环境安排的，牵引的；必然是安排命运，驾驭命运，自己安排自己。

天道不仅酬勤还酬韧、酬诚、酬善。真正的最大的聪明是勤与坚持，如有人言："真正的聪明是愚公移山。"

智者"无利也起早"，因无用成大用，无利成大利。

智者越是处境艰难，越会乐观地信心万倍地面对，因奇迹往往出现在最后一刻。危机即转机。

只有大智者才知道：人品就那么点儿，省着点，挥霍不仅是愚蠢的，也是可耻的。

"圣人者，常人而肯安心者也"。这句话的意思是圣人即大智者、大修养的人，是那些能安心、静心坚持做平常事的人。安心即俯仰无愧天地人禽，静心是专注、心无旁骛。

智者会在身上装两张纸条：一是"我只是一粒尘埃"；二是世界为我而造。

聪者总想现在，智者总想未来，愚者总想过去。

只有大智者才会不负良心，因损人或做过违法之事，即使逃过法律惩罚，也逃不过良心谴责。再之，灵魂的煎熬远比肉体的创伤让人悲痛。

智者对命运的领悟，人生的豁达，世情的谙熟，社会的了解，并于所言所行中闪烁着智慧之光，令人于迷蒙中清醒，混沌中了然，给人以如玉之润，如石之坚，如水之静，如海之深的永恒印象。

无论追求年轻的外表与年轻的心，都是在不遗余力地和时间抗衡。但智者不怕年老，因 20 岁有 20 岁的青春与诗意，40 岁有 40 岁的皱纹与诗意，60 岁有 60 岁的枯朽与诗意。

智者知道，无论你对他再有恩、再重要，忠诚都并非必然，因每个人每个时刻都有自己的考量，且人心不足、忘恩负义都是人间常态。故智者不会不平于人的忘恩负义，且能做到施恩勿记、受惠勿忘。

智者不抱怨反处处感恩：抱怨饭菜之前，他会想还有吃不上的人而感恩有吃的；在抱怨工作累或不顺心之前，他会想到还有失业的人；抱怨生活郁闷或不快时，他会感谢上苍让你还活着。

智者会守一用万。

智者的高境：看人看高明的别人，做人做高清的自己。

智者重心灵，他欲做一棵守护心灵月亮的树，等着南归的雁。

智者不都能即没有绝对的办法使自己处处都产生顺境，但却能使自己无论顺逆，都能始终保有好心情及向上的斗志、积极的心态。

只有大智者才能做到：“不为轩冕肆志，不为穷约趋俗。”

智者要管好你的表情，这是你修养好的外在表现。

智者无功不受禄，受禄必问为什么。

大智者的最大特征之一：专注淡定、不在意他人及社会评判、不求完美、抵挡诱惑。

理解、包容、为人着想是一个理性之人或智者的重要特征。如人不接电话，认为必有充足的理由，而非不满，因这个世界尤其是他人，怎可能围你一个人转，没人应随叫随到，包括你的下级。

世界（地球）从来就是不平的，智者才会及早适应，只有愚者才会攀比或埋怨不平。

智者只在意现在，像鸟与盛开着的百合那样，将忧与怒放下，只是时时无忧地欢唱、怒放。

大智者为何重隐？一是知识、修养、智慧高于常人，故不屑与常人交往；二是更多的神性使之重精神过于物质，故不屑与常人逐利；三是更看重生存形式及精神活动的自由自在，故愿以放弃仕途的富贵为代价，以博取更多的精神愉悦及审美体验；四是高境界使之鄙视利禄、利交、虚伪势利的名利场上的人际关系；五是高智慧使之认识到一切世俗的成功、奋斗、功名、富贵无非是在利字上纠结；六是他们有种特殊的超出世俗逐利小人或常人的生存方式、生存理念及生命追求。

只有大智者才能跳出身小短视的狭隘视野，获得一种超越意识，具备一种“俯仰间有轨方到达之路”的积极结论，能站在同时代人更高层次上俯瞰社会人生，获得一种自我完善感和灵魂归宿感。从而能冷静思考人生，达观对待人生，从而引发出宇宙无穷、生命有尽的感慨，又产生将有限生命统一于无穷宇宙的顿悟。

大智者的生活必然“渐远于人，渐近于神”。

智者让功名下沉，让精神升华。

智者都会思悟透死亡。人只有在面对死亡时，才能破除一切成见，把真与假、善与恶等界限看清楚。

只要星星还在天空中闪烁，智者就不怕生活的坎坷。

智者一个明显特征：举世誉之而不加欢，举世非之而不加沮。

大智者追求的，也是对人最重要的是：“贫困潦倒之时不被人欺，飞黄腾达之时不被人妒”——这也是左宗棠的座右铭。

为什么说“万花丛里过，片叶不沾身”式的生活，是大智者追求的生活？因“万花丛里”是“有情”，“片叶不沾”是“觉悟”，即大智慧。

“阳世奸雄，违天害理皆由己；阴司报应，古往今来放过谁？”当然，阎王殿是没有的，而心灵的地狱是常设的。

智者不忽视现在，更不忽视瞬间，生活乃至生命是由若干个瞬间组成的。

对大智者而言，得失、顺逆、贵贱、贫富都是人生幸福的内容。正如《薛子庸语》一书所言：“君子明于死生之分，达于利害之变，则富贵贫贱夷狄患难寿夭，一以视之矣。”

只有大智者才能做到：在高潮时享受掌声，在低潮时享受人生。

智者不惧命运的神秘，虽然他有时深不可测，有时变化无常，甚至有时来去无踪。

对智者而言，任何事情的发生都有助于我。

真正的香格里拉（人间天堂）在哪里？在人们心中，但又不是在每个人心中，只在觉悟者、智慧者的心中。

只有觉者、智者或经历丰富好思考的老者才知：人的一切命是自己造成的。

智者不求大吉大利、大红大紫，只求无灾的平安或被人遗忘，如同《易》最高追求的是“无咎”。因吉的后面一定是凶，凶吉福祸都是连带的。

智者能识人，但他们往往看透不说透，试想如果别人在你面前如同没穿衣一样，谁还愿同你合作?

智者在小事上不特立独行。在小事上标新立异，只能使人孤立你或更看不起你。没个性者是俗人，到处张扬个性者是愚人。

人生不如意事十有八九，智者坚忍、耐烦才能趋吉避凶。

智者处事大多先求适应，后做打算。

大智者仕途或入世不畅还可安心归隐田园，粗茶淡饭了却余生，而众生尤其是逐利之徒们就难了。

智者发散自己的光，但绝不会吹熄别人的灯。

智者首先注重容忍，以及注重给予别人生存空间及尽量满足他人追求。

白鹭立雪，愚人看鹭，聪者见雪，智者见白。

愚者的第一特点是受批评时句句反驳，第二特点是受表扬时喜形于色，第三特点是不惜分秒，第四特点是不为二十年后考虑，第五特点是损人利己，第六特点是好气妒怨仇，第七特点是不肯吃亏，第八特点是不将双赢多赢放在第一位，第九特点是在财色酒面前自制力差，第十特点是不将健康当人生最大财富、第一追求。

财权的一个本质概念：少数人拥有，多数人梦寐以求。但对智者而言，多鄙之。

# 关于自然

湖的深邃才使得湖面寂静如镜。

鹰一般两枚蛋，孵后的饥饿让其孩子从小竞争，胜生败死，故其子没有不敢搏击长空的。

山与海能与天相连，一因高，一因宽。而人的胸襟既是一种山的高度，又是一种海的宽度。

沙漠之所以美丽，是因在某个深处藏一口井。

春天，人伤感的季节；夏天，人放肆的季节；秋天，颜色最丰富的季节；冬天，易有感恩心的季节。

冰是坚硬万倍的水。

小鸟为什么要唱歌？这不仅是个生物学问题，更是个哲学命题：1. 小鸟它有一首歌，要一吐为快；2. 小鸟本身就是一首歌；3. 小鸟存在的意义即生命的意义就是唱歌——对人而言，生命的意义就是在于唱自己的歌，做个性的我；4. 作为一个宣泄的出口，小鸟（人）会更健康，我国心理疾病高发之因在于没出口。

燕子如一枚远古的钥匙，开启家家户户的情感大门。

道路是曲折的，故蛇有一副柔软的身体。

在蜘蛛的网上，往往有许多疏忽者的躯壳。

有人如蚕往往被自己的问题纠缠并为自己而死。

细菌向人们说明一个问题，肉眼看不见的可怕才最可怕。

人为什么爱森林，因森林是人类最早的故乡。大自然是诗化的，只有在其诗化的怀抱里，人才能恬静、灵魂回归。

山顶都一样，不同的在于高度。

大海，就是告诉人类的渺小。

草木自然可周而复始，但人间许多美好事物，却如离弦的箭，一去不复返。

鸟虽小，但它可玩转整个天空。

对生活而言，往往是淡极始知花更艳。

水的伟大之处在于很小的时候就寻找走向大海的路了。

春天，不是季节而是内心；云水，不是景色而是襟怀。

夕阳（朝霞）的光线，芬芳的野花，苔藓的触感，悦耳的鸟鸣水声，美丽的异性都有利创造力。

小溪是森林的心灵。

秋天是有成绩的人生，多彩而肃杀，朦胧而清明，充满了大彻大悟的味道。

只有狂风暴雨，才能洗去空气中的尘埃，使空气更清新，阳光更明媚。

动物为什么没有道德生活，因为动物没有想象力、激情、耻感，它没有生活，只有活着。

小草低于大树，却不低于树的意志。

不是所有的花都适应于肥沃的土壤，沙漠就是仙人掌的乐园。

人人都离不开土：孩子在土里洗澡，爸爸在土里流汗，爷爷在土里埋葬。

没有冬天，春天怎能有所作为。正如人没有苦难，就难有作为。现实社会中，一个人的苦难往往与作为成正比。

露水是星星告别地球的眼泪。

深水无澜，根深难撼。

一颗珍珠是痛苦围绕一粒沙子所建起来的。

现在的沙漠，都是远古的大海。曾经水最多的地方，都变成了现在水最少的地方，这不能不引人深思。

# 关于美

美是不切实际的，而凡俗的人多数又是讲求实际的。

一切太美的事物都让人感到无奈——这么美，让人如何是好？

美感源于性欲。

审美能力强的人，对功利多迟钝；利欲熏心的人，对美则漠视。

真的不一定是善的、不一定是美的，但美的一定是真的、一定是善的。关于真理与错误，善与恶，美与丑，人们很难有共同标准。

过分的完美，本身就是种缺陷。

大自然之美，只有透过人美的心灵才能显现出来，如小石潭之美是属于柳宗元的。

美中见美不是真本事，凡中见美、俗中见美、丑中见美才是一个人的真本事。喜摄影的我不喜拍风花雪月，那本来就是美的东西，不需要复制。

道德是人生存的工具，美是人心灵的幻影，道德是镇静剂，美是兴奋剂。

对智者觉者而言，每一天，即美一天。

艺术留住美，作品留住灵感，激情留住青春。秋天的树叶虽已枯落，但能在诗歌中发出永恒的金光。摄影艺术能留住自然界及社会瞬间的美，文学艺术能留住心间瞬间的美。

简单的不一定美，但美的一定简单。

在大美面前即使是诗人、作家也常感到语言乏味，如海涅每次到卢浮宫，坐维纳斯像前都要为这个尤物哭几个小时。

羞涩是人与人之间的交流、接触不至于粗鄙、下流、猥琐的一种表现，是创造美的一种方式，将羞涩蕴于内而不形于外，那便是美。

越完美，越千疮百孔。

古希腊是人类健康的童年——那时的健康是以美为根本的：运动之美、艺术之美、生活之美。

一个人乃至一个民族，只要没丧失对日常生活中美的感受力，就有希望。

生活或人生的幸福感不是凭空能得到的，需要具备一定的美感，这是生命的基本需要。无论一个人再富贵，没有这种美感，尤其是从平凡事物中感受美的能力，生活就会索然无味，徘徊在痛苦和厌倦之中。只有不断有新鲜的美感，才会充实快乐。稚子之心是美感的重要部分。

沉静内敛，不动声色，亦是美。

孩子有稚嫩的美，青年有健壮的美，中年有成功的美，老年有恬静的美。就像大自然之四季，春之葱、夏之繁、秋之斑、冬之纯，各有各的美感，各有各的优势，不必羡慕，不必模仿，尽力做到生而尽其动，死而尽其静即可。所谓顺其自然，即到什么季节享受什么季节。时空是外在的，构成人的肉体，意识是内在的，构成人的灵魂。人存在的根本是意识存在。人入世或出世，完全取决于他意识的窄与宽。

赏天地之美，析万物之美，感生活之美的人，他的人生一定是美的。

悲剧中的美才是永恒而持久的。

曲之美，不仅体现在女人的曲线美，盆景的弯曲美，它还是人与动物的智慧美：蛇曲而能行，枝曲而开花，人曲而能成，肠曲才能蠕动，弓曲才能有力。曲是艺术化的直，是生命的审美，是生活中一切事物的审美价值取向。

美人是上帝捏出，放在人类橱窗里的样品。

美在个性。如红楼十二钗真正令人难忘、令人心动的还是晴雯与湘云。

# 关于智慧

智慧是精练的愚蠢。

智慧越多，烦恼越深；学问越高，忧思越重。

聪明，让人更纠结；智慧，让人更超脱。

于境善决为智，观达识远为慧。智且慧者，方得大圆满。

远虑能落到实处叫智慧。

智慧是在悲观与执着之间，其包容两者又超乎两者之上。

无论争议者对错，裁决者往往“各打五十大板”，有时这样做不是糊涂而是智慧。

智慧就是不随波逐流，看到别人看不到的层面。

放弃是种智慧，分享是种美德。

简单的占有是小聪明，暂时的放弃才是大智慧。

凡事学会欣赏，凡人学会欣赏，是一个人最大的智慧。

智慧中夹杂傲慢的不是真智慧，是狂妄；谦虚中缺乏智慧的不是真谦虚是卑怯。

小看别人是不智的表现，每个人都有无尽的潜力。

随遇而安绝非不思进取得过且过，而是一种胸怀、一种智慧。

精于计算是聪明，懒于计算是智慧。

“以牙还牙”是以恨止恨，只能永远生活在恨的深渊中。人世间最智慧的是宽恕，但非常人可做到，那需要宽广及自由的心灵。

世上最值钱的东西也最不值钱，如空气、智慧等。

地低为海，人低为王，是一种智慧。

放松之后智慧便由此生，生活中的许多小困难也会因此变成小插曲。

失意时抬头是种自信，得意时低头是种智慧。

刻薄的眼睛看到的，都是有缺点的人；傲慢的眼睛看到的，都是愚蠢的人；智慧的眼睛看到的，都是值得自己尊重与学习的人。

很多事情到了智慧的最高境界，并非浓烈的、炙热的，而是清凉的、舒适的、熨帖的。

谦低是一种人生大智慧。向日葵低头才丰实；麦子青时昂首，饱满则低头。人虽不可无傲骨，但不能总昂着头。一味低头，是一种懦弱；一味逞强，是一种愚昧。

智慧生三果：善于思考、善于淡泊、善于行动。

变老是人生必修课，变得老练、成熟、智慧是人生选修课。

努力分三种：尽力而为，全力以赴，不遗余力。

工作三境界：谋生是最低境界，体现人生价值是中等境界，在此之上享受人生是最高境界。

追求的最高境界是：适时放下追到的东西。

眼光三境界：看得远（不计眼前小利）、看得透（看透事物本质，不被表象迷惑）、看得淡，不受功名所扰。

世上只有一种东西有自足的价值，那就是智慧。这个智慧，实际上是一种从事思考且享受其乐趣的能力。

世故是牺牲灵魂来适应生存环境，智慧是顺应环境来保护灵魂。

心富房不陋。

人的每一天都是你最年轻的一天，唯一的一天，最珍贵的一天，也可能是最后的一天。人生的最高智慧应是珍惜每一天，用尽各种方法将之过到人生巅峰。

智慧从知己即“认识你自己”开始，“知己者，智之端也”。

智慧的十二特征：1. 心怀大志而不结党；2. 行为不为一人之事所左右；3. 生活随遇而安；4. 不悔过去，不忧未来；5. 顺则进之，逆则退之；6. 不受外界左右即不生活在别人评价里、眼光里、标准里；7. 时时将健康、亲情、人性美放人生首位；8. 志猛如无坚不摧之狂飙，心轻如和风之鸿毛；9. 静如河中之浮萍，稳如风上打磨石；10. 以平等之心爱众生，如天地对人之大公；11. 只赶路，不争路；12. 通禅透哲不走极端，无事不欢喜，无事不努力，无事不希望，无事不恬静。

不开心不旷达之人的根因在于不能承担。不能承担就意味着没能力、不负责任、不智慧。

智慧是快乐及幸福指数的前提，至少是重要组成部分，无此将远离幸福，无论其多富贵。

不能吃亏为聪明，能吃亏是智慧；拿得起方为聪明，放得下方为智慧；知识多方为聪明，文化厚方为智慧；保全眼前方为聪明，看重长远方为智慧；不吃亏是能力，智慧是境界；不吃亏主要在遗传，智慧主要在修炼；不能吃亏在众人中十中有十，但智慧万人里难有一人。

智慧的一个特征是眼冷似灰，心热如火。因热闹中看一冷眼，便省去许多苦心思；冷落处存一热心，便得许多真趣味。

有才而性缓，定属大才；有智而气和，斯为大智。

简单即美德，简单即能力，简单即智慧。

聪明与智慧的重要区别是：1. 是否有更长远的战略眼光；2. 是否从全局大局看问题或把握事情；3. 是否从历史的角度看问题；4. 是否从人生得失的角度而非钱权得失看问题。

智慧，是一种工具，是一种品质，更是一种美。

智者不会跟人当面针锋相对，因不值得为之付出心情、时间，更不值得为之冒险。

智慧的高境是两个“三方兼顾”：天、地、人，三方兼顾；现在、过去、未来，三方兼顾。

诽人如含血喷人，先污染了自己，还会让人看轻你的人品及智力。

很多人都做的事，你不做，不代表错了，有时是一种智慧，一种定力，一种远见。

水静极则形象明，心静极则智慧生。

学问不是智慧，但智慧在学问中来。智拆开看是“日有所知”。

## 关于其他

活动是关节的润滑器。

杀戮是专制社会的最大特色，皇帝出色的手艺是随意杀头。

愚者必怒，怒者必怯，怯者必谬。愚者的愤怒、懦者的多疑、痴者的复仇都是自虐的表现。

许多看上去不相干的事，实有密切联系。

妥协是进步的先决条件。

万不可看不起小人物，大人物由小人成全，正如树的茂盛，全靠枝叶成全。

为化劫而行善，不是真善；为行善而忘功，乃人生大善也！

成人，即意味着担当与坚守。

伟大是熬出来的。

瘦子永远体会不了胖子站在秤上的忧伤，胖子永远体会不了瘦子轻易被推倒的凄凉。

清洁的躯体才能培养纯洁的心。

不为贫困而苦恼的两种方式：增加你的收入或减少你的欲望。

读者与作家都有另外的收入：情感收入，精神收入，有一种推动社会堡垒的卑微的尊严感。

不能因世上没有绝对的公平，就可以不公平；没有绝对的正义，就可以不正义。

宽恕即爱人和忘记得失与仇恨。

水晶高贵，变成了带盖的碗，才有生活气息。

桥的寿命，是一国一族远见的标尺。

一人之下是束缚，万人之上是孤独。

一无所有，也意味一无所失。

一切皆可卖的时代，不能卖的东西最贵重。

挺住意味着一切。

大爱就是把快乐带给更多的人。

真正的力量与财富、名声无关，而是有勇气做正义之事。

叛逆者真正的特质就是独立。

一即一切，一切即一。但横批最好不要是“一无是处”。

世事并非都像复仇，搁凉了上桌更有滋味。

嫉妒的典型表现：对人的喜乐事不生喜乐念，反生不平、不满。

一片自然风景就是一种心情。

所有伟大的行为与伟大的思想，都会有一个荒谬的开始。

不相干的人在意你飞得高不高，最相干的人才关心你飞得累不累。

只图小利则大事不成。

爱出者爱返，福往者福来。

别太把自己当回事，人生就没事了。

忠即不贰，只有一个中在心上。如有两个“中”便成了心头之患。

气恨是人类三大致命弱点之一（另是贪欲及痴愚），主因是视野太低太小。

经验就是先考试后上课。

眼睛能容纳一个美丽的世界，嘴巴能描绘一个精彩的世界。

不守时等于盗别人时间，加队等于公然抢别人的时间，说废话（开无聊的会）等于浪费别人时间。

隐藏欺骗后被揭穿的事情反击力更大。

减少痛苦比增加快乐重要。

清者难自清。

荣誉和阴影同样空虚。

勿恋有利之地。

不能忍受孤独的人，足以证明你内心不够强大。

舞台是最能激发人们光明面的地方。

80 分与 60 分都不完美，但不能因此否定 60 分向 80 分进步的意义。

失误多在易处，祸端多于疏忽。

痛苦是人类的属性，它证明人还活着。

童心与机心是势不两立的，此消彼长的，如同田里的草多了，庄稼必少了。

取得不了朋友亲属的信任的朋友，多是酒肉朋友。

骗子施展才华的三个地方：让孩子聪明，女人漂亮，人们健康长寿。

少数及劣势时看勇气，多数及优势时看宽容。

挥霍是将自己不珍惜的东西拿出来，慷慨是把自己珍惜的东西拿出来。

无须向人折腰为贵，无须向人伸手为富。

伤心的最大好处是你能明白：那颗心还在老地方。

重名牌是当衣服及用品的奴隶，这是没出息、没自信、没智慧的表现。

生活经历、社会层次、文化程度的不同使得人们在语言交流行事等方面往往产生隔离、误解，故智者对人会理解并包容。

说假话者最愚，因其不能像真话一样生长，甚至连枯萎都不能。

凡事都要设立你投入的极限，如时间及金钱。

名声是气球，钞票是激素，地位是高跟鞋。

纵使拥有再多，也是一种暂时借贷，到生命了结时悉数归还。

统计数字有一大半是不准的，不可过于相信。如马克·吐温说：“世上有三种谎言，谎言、该死的谎言、统计数字。”

心智无常，物尽其妙——任何事物都有妙不可言之处。

当野蛮战胜文雅时，它一定要通过折磨来获取快感，因野蛮没有天堂梦，它的全部希望就在当下，就在破坏的瞬间。

不要怕人利用，有人利用你说明你还有用。

一口答应者多不成事，且有可能是骗子，尤是不了解的人。

为什么说“生虎犹可近，熟人不可亲”？因了解最深的人可能是伤你最深的；心腹易成心腹之患；伤你最深的往往是你最爱最宠的人。

做不到的承诺，比没许诺更坏四倍：一失信，二骗人，三无德，四无智。

疾病带给人的，不仅是身体的伤痛及经济负担，更是那种对一切失控感及生活轨迹的突然转变的无助感。

拜物之心不可有，惜物之心不可无，唯物之心不可偏。

酒有别肠，诗有别才。

江中逆流而上的是活鱼，顺流漂下的是落叶——只有死去的东西才随波逐流。

寂寞是有些人的心理负担或心理疾病，但却是有些人的诗意土壤、创造契机、思考的诱因、深邃的条件、自享的环境。

未来是在各种偶然之间不断选择的结果。

天命不一定是人命（人的命运），尤其当知识、见识、目标、责任感融汇成智慧时。

所谓朋友，是将你看透了还喜欢你的人；所谓知识，是吃得越多，越觉得饿的人；所谓山盟海誓，是让高山大海颔首尴尬的蜜语。

最富裕是开心，但开心不是笑，笑只是肌肉的牵动。笑很容易，开心不容易，开心是心底浮升的快乐及心里甜蜜舒展像熨过的感觉。

才能只因为自己喜欢而去拥有一样东西或去做一件事，而不是向别人证明什么。

厄运是位伟大的老师，但它常让人付出昂贵的学费。

一个人的急躁、发火正可显示对手的洒脱。

在物质高度丰富的今天，最缺的是时间及忍耐：自己的时间，对无关紧要欲望的忍耐。

装修房子与选恋人相似，开始对每个细节都万般挑剔、考虑、设计，往后就不在意了。

和平发展、物质丰富的黄金时代，人类要征服的最后的也是最厉害的敌人，就是自己。

当你有资格想批评人的时候，请你记住：这个世界上不是人人都拥有你的智力、经历等优越条件的。

放下是宽大，放弃是卑怯。放下是不属于我或已经过去；放弃是我无法获得或我不需要。

因为寻常，由是独特。

只有懒人，没有笨人。

毅力就是坚持到最后最久及在别人看不到光明的时候，你能看见尽头的光明。

无从选择也即选择，实为没有办法的办法。

笑，如同男人紧扣文明扣一样，遮住自己因不笑而暴露的丑。

幸福就是弥补并感受自己对别人的亏欠；痛苦就是自觉并强化别人对己的亏欠。

在伤口上落泪与撒盐效果一样，不同的是泪更沮丧，盐能振奋。

旅游就是去看看活在别处的人们，体验别处的生活。

所有心机都用在得失上的人，不仅阴毒、落井下石、唯利是图，而且自己得不到也不让人得到，直到在扭曲别人的同时也扭曲了自己。

没有比双脚更高耸的山峰，没有比思想更深邃的海洋，没有比眼界更广阔的平原，没有比胸怀更博大的世界。

胜利就是属于你的比属于别人的多。幸福就是你对自己满意，对别人感恩。

没有信誉就像一张弄皱的纸，即使抚平，也不会变成原来的样子。

大家、大师都应有一双深邃的眼睛和一颗为认识生活而上下求索的心。

问题，即人们的预期目标与事物实际状况间的差距。差距越大，问题越严重。

信息是人类可共享的一切知识。

行动决定习惯，习惯决定性格，性格决定命运，命运决定人生。

酒是种暂时的自杀，它所带来的快乐只是消极的，不过是不幸的短暂中止而已。

互相吹捧的是做官的，互相贬低的是搞艺术的，互相哄骗的是经商的，互相欣赏的是恋爱的，互相猜忌的是竞争的，互相嫉妒的是争宠的。

老人钓鱼与渔人钓鱼是两个价值取向：前者钓自然、阳光、欢乐、空气，后者的鱼是物质范畴。

行动源于两点：对快乐的追求及对痛苦的逃避。正如一个人不能化心动为行动的两点原因：对快乐的渴望不强或对痛苦的体会不深。

喝酒时，应是心在应对，而不是肠胃在应对。

巧合对有的人是喜上加喜，对有的人是雪上加霜。

一时忠诚易，一生忠诚难；顺境忠诚易，逆境忠诚难；从容忠诚易，孤然忠诚难；生荣忠诚易，死辱忠诚难。

创业容易，守业难；得宠容易，固宠难；短爱容易，恒爱难。

英雄历来喜挑战，不怕困难。

善近名，恶近刑。

最好的蔑视是无言，最大的蔑视是连目光也不瞥过去。

政治家有怎样得到权力的能力，并不伟大，有怎样限制行使权力的能力才伟大；军事家赢得战争不重要，避免战争才重要；商人如何赚钱不重要，如何不赚昧良心的钱才重要。

看不得别人好的人，自己一辈子都好不了。

放弃权力也是一种权利。

知音无须对话。

保护动物的目的除生态平衡、长久发展外，还有捍卫人的感情和价值及珍惜生命的问题。

世事无不在起伏成败荣辱的交替中轮回。新柳有枯黄，幼蝶无永翔；今夕窈窕女，明朝白骨娘。

大情怀可淹没大孤独。

俯仰无愧天地之后，褒贬便各有春秋。

太坦白的人往往没有神秘感。

权力可使人敬畏，却不能使人拥戴。

高级的情感，最终形成精神和意识；低级的情感，只能沦为脾气与情绪。

世界上最大的污染是人心被污染。

时间是这个世界上最公正、最恒久、最有力的东西。

复仇的快感有时会变成折磨，伤人的快感有时会变成痛苦。

美食，是大脑最难抵御的天然诱惑。

欲望使人失去快乐。

推动人类进步的不是斗争而是妥协。

嫉妒表面是对人不满，实际是对己不满。

最大的傲慢是傲慢到别人看不出傲慢。

人治是官员厉害，法治是机制厉害，心治是文化厉害，神治是信仰厉害。

宽恕别人是为自己心平气和。

真正的恐惧不是血肉横飞的画面，而是调动你的想象力，自己吓自己。

大师只是充分发挥自己个性，以及坚持做自己喜欢的有益的事的人而已。

总回头的人，不可能跑得快。

自由不是在于他干他想干的事，而在于可以不干他不想干的事。

命运休论公道，不幸与幸运都需有人承担。

岁月的美好恰在于它无法挽留地逝去。

分手或离开之人，恰是度你一段时间之人，应以感恩心待之。

圆满不是心想事成，而是有机会反观自心、提升自心且宁静无欲，否则无论再富乐，内心也充满缺憾。

问题及解决问题的方法都是同时诞生的。只是愚蠢的人们只见问题，不见解决问题的方法罢了。

抱怨等于自构牢狱。

排场与气量、见识成反比，低调而低头的背后往往是恢宏的气量与深远的见识。气量与见识不仅决定成就大小、事业成败，还决定幸福指数高低。

谁想当好人生的元帅，就要能驾驭好时间与空间。

大自然也是有躯体的：天空、海洋、森林。风声是这躯体的呼吸声，雨声是这躯体脉搏的跳动声。

树木永远是人的老师，是一本打开读不完的书。

不孤冷到极致，不足以和世俗和谐。

世界说大是大世界，说小是一壶茶。

如果你一直觉得不满，即使你拥有全世界，也不会开心。

时尚的内涵常是后继乏力的，过后常会涌出莫名的空洞感。

越奢华的人越没内涵。

人是很难安置的动物。

见之不尽，天下之事；读之不尽，天下之书；参之不尽，天下之理。

愤怒是于人无小害、于己有大伤之蠢事。没有实力，愤怒便毫无意义。

杂念即欲。

伟大都是超出当代的。一切伟大而不朽的作品都是超越时空的局限，写给将来的。

聪明人的聪明通常是对其外表缺陷的补偿。

突如其来之事必有隐情。

下水道是城市的良心。

没有目的的航船，任何风都是逆向。

宇宙无限膨胀的结果是自我爆炸、毁灭，人心膨胀了亦如此。

从没遭受过背后的偷袭，只能说明一点：你从没跑在人的前头。

梦想，能让一些人在没有诗意的生活中找到生活的诗意，也能让一些人在诗意中丧失生活。

眼睛看到的地方叫视力，眼睛看不到的地方叫眼光。视力说明眼前，眼光决定未来。

一切的现在都是曾经的未来，一切的未来也都将成为曾经。

为什么事不过三？因为到四为空，四大皆空嘛！

闲言与嫉妒都因你不够强大。

真正的时尚并非名牌、新潮，而是正确的自我表达。

这个时代最需要的是思考、坚守、创造。

世上有两种疯狂最可怕，另一种是什么都敢做的疯狂，另一种是什么都不做的疯狂。

有三类职业，不是救人就是害人：官员、医生、教师。

行政道德即想施展政治抱负匡国救民。

君子赠以言，小人赠以财，恶人“赠”以害。

苦难被你踩在脚下，就成了你的垫脚石；被你顶在头上，就将你压进地狱。

隐士除沽名外，多是用人制度不合理的产物。

江山也要伟人扶。一个不能人尽其用或靠关系、派系、金钱竞争的江山，是长不了的。

时来天地皆同力，运去英雄不自由。

死亡是自然法官对人执行的无法逃避的绝对的法律，也是庄子所说的“天刑”。

名心盛者必作伪。

面具戴太久了，就会长在脸上，成为长相的一部分，再想揭下来就会伤筋动骨乃至扒皮了。

什么是圣贤？处处为多数人、普通人平等的、长远的利益着想。

帝王与强盗，都是社会不安、动荡、不幸的种子——因为帝王本身就是最大的强盗。

有些时候，人们所恐惧的不是利益上的损失或肉体上的伤害，而是精神上被同类群体孤立。

不能节制自己的人，不能称之为自由的人。只有肉体上的欲求受到应有的限制，心灵上才能谋取更大的自由。

天命即自然规律；大人即有大志、大才、大气之人；圣人是有德、有修养、有素质之人。君子有三畏：天命、大人、圣人之言。

爱和平不能唯和平，以斗争求和平则和平存，以妥协求和平则和平亡。妥协退让只能激起对手更强的进攻欲望。

所有错误，都是在绝对正确的信念下铸成的。

世上根本没委屈这东西，它只不过是你为想得到的东西付出的一切代价。

一味委曲求全是种怯弱；一味趾高气扬是种狂妄。

精神的成长源于痛苦的经历。

君子忧乐在天下，小人忧乐在自身。

勇于直视成功的人，不一定是英雄；但不能坦然面对失败的人，必定是懦夫。

昨天是今天的历史，今天是明天的历史。

命运的一生，有时是一生的命运。

不能胜寸心，安能胜苍穹？很多人在大是大非面前能严于律己，却总是在生活的琐屑和自身的惰性面前被打败。

为什么说命运在手上？1. 靠双手创造财富；2. 不乱伸手；3. 手要干净；4. 两只手有 28 个关节即“二十八星宿”，都在你掌握之中，也叫“袖里乾坤”。

天下所有的平，都是不平造成的。

善恶不仅指利人或损人，还包括合乎自然的就是善，不合乎自然的就是恶。

人类当前最重要的问题或危机是商业文化。

用权的高明、高尚、高贵有三原则：权不离经（规则，尤其是公平)，权不损人，权不多用。

能缠你磨你的叫亲人；能怨你疼你的叫爱人；能救你帮你的叫大人；能教你导你的叫圣人。

大吉大利、春风得意，与凶险祸福是一体的，如同爬得越高跌得越惨，爬到高处时，下不来的只有跌下来。

越年轻越在乎称赞，越年轻越经不起称赞。

美满，即有适合自己的状况，适合自己的生存之道。

强硬是死亡的象征，硬即僵，僵才硬。

谦虚是在有成就之后，没成就的人谈谦虚只能叫低微。

工作中凡有人称赞你时，你就要警惕了，这意味着马上要出问题了。

凡得小奖、有小成就乐不可支的人，绝无大成就，即使有了还不发疯才怪。

活着、繁殖，是一般低等生物毕生只为的两件事，人如只知挣钱花钱，便沦为低等生物了。

没有事即好事、喜事，如同没有新闻，即是最好的新闻。

谦纳万福。

什么都没有的人，往往能拥有天下，如甘地死时只剩一件换洗的衣服及一个眼镜。钱多的人反而贫得只剩下钱了。

器小易满，量小易怒。

水流得顺畅了，反没有了声音。

世上事无不是双刃剑，如水一方面可带来水利，另一方面也可带来水患；心腹一方面有鼎力之利，另一方面有心腹之患。

富人有富人的忧愁，穷人有穷人的欢乐。

磊落就是说真话，不畏生死，敢作敢当。

于棋、于事、于人至要者，非能、非力、非勇，乃势也。如孙子云：“激水之疾，至于漂石者，势也。”

盖世功德，抵不了一个矜字；弥天罪过，当不过一个悔字。

报复，等于往怨恨的烈火上浇油。

怒火是不能用来煮饭的。

一碗饭仅填饱肚子，一口气能把人撑死。

“怒勿决，决必悔”。成吉思汗狩猎在捧臼山泉将喝时，老鹰打翻碗，气得将鹰射死，之后发现源头有条毒蛇。

在一个冤仇链中，只有醒悟者自觉地截断其中的一个环节，才能制止这可怕的恶性循环，否则永无宁期。

今天的汗等到明天流如同今天的饭等到明天吃一样可笑。

世上十个大油田，七个在沙漠下，这既是造物主的平衡，又是有科学道理的。因大油田挥发出烃类云雾，不适任何生物生长，故而沙化。当我们的世界出现沙漠时，不要抱怨上天不公，或许沙漠下正隐藏一个丰富的大油田，正在等我们开采。

鱼有两种：一种在自由的水里，一种在人养的网里；人有两种：一种为迷茫的众生，一种是开悟的智者。

奢侈品满足的是人们的欲望而非需要。

一切理想家，不是怀念过去，就是希望未来。

真理是相对的，权力是绝对的，这是专制社会的特有现象。

天之道，永远是损有余而补不足。

世上有条大河特别波涛汹涌，淹死了许多人，那条河叫聪明。

行家一上手，就知有没有。

凡收藏文物古董的，最终都是被文物、古董收藏。

马为什么踩到水才开始喝水？是想把水中的马的影子赶走，怕与之争水。

留有余地，方有余力。

真正的竞争在比赛前就开始了。

乐极生悲不为悲，可悲的是自己从未乐过。

当一个人喜爱梭鱼跳水的水声时，他是个诗人；当一个人知道这是强者追赶弱者的声音时，他是个思想家。

谣言是一面镜子，折射那个时代的人想生命，悲生命，希望什么。

黑能污白，白不能掩黑；臭能压香，香不能压臭。此乃君子与小人相论之大势也。

直观高于理性。理性是直观的回光返照。直观是一切真理的源泉。

机遇与挑战不同在。挑战无不存在，是客观的；而机遇偶在，存在选择性。

**图书在版编目（CIP）数据**

我思故我在／张景著．—北京：中国社会出版社，2015．12

ISBN 978－7－5087－5213－6

Ⅰ．①我…　Ⅱ．①张…　Ⅲ．①杂文集—中国—当代

Ⅳ．①I267．1

中国版本图书馆 CIP 数据核字（2015）第 292835 号

---

**书　　名**：我思故我在

**著　　者**：张　景

---

**出 版 人**：浦善新

**终 审 人**：王　前

**责任编辑**：王晓燕　　**责任校对**：高建春

---

**出版发行**：中国社会出版社　邮政编码：100032

**通联方法**：北京市西城区二龙路甲 33 号

**电　　话**：编辑室：（010）58124812

销售部：（010）58124848

传　真：（010）58124870

**网　　址**：www.shcbs.com.cn

shcbs.mca.gov.cn

**经　　销**：各地新华书店

中国社会出版社天猫旗舰店

---

**印刷装订**：中国电影出版社印刷厂

**开　　本**：170mm×240mm　1/16

**印　　张**：14.25

**字　　数**：200 千字

**版　　次**：2015 年 12 月第 1 版

**印　　次**：2015 年 12 月第 1 次印刷

**定　　价**：42.00 元

中国社会出版社微信公众号